AF395673

Par Jean-Baptiste
Greuze, d'après Barbieri

BAILARD
ET
ELOISE.

ÉCE DRAMATIQUE,

VERS ET EN CINQ ACTES.

Infelix perii dotibus ipse meis.

Ovid. de Pont. Epist. 7.

Le Prix est de trente sols.

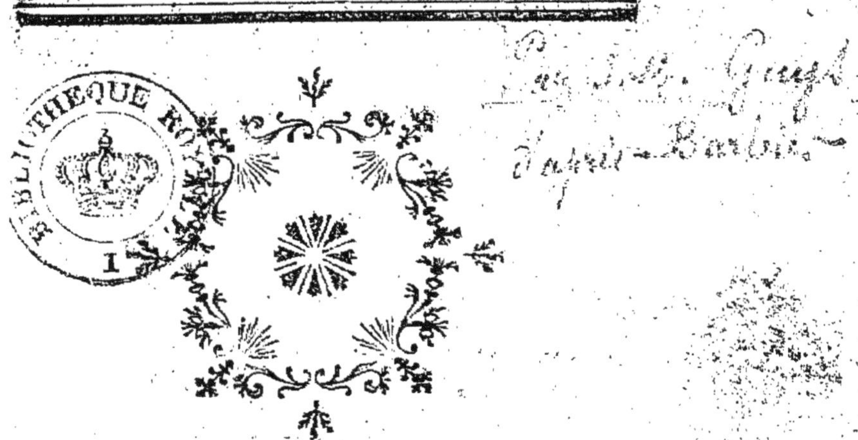

LONDRES.

M. DCC. LII.

EPISTRE

A MADAME DE ***

C'Est à l'amour, ce tyran de mon cœur,
Que j'offre mon premier hommage.
Puisse-t-il, d'un regard flatteur,
Accueillir l'Auteur & l'ouvrage !
C'est lui qui dans l'art de rimer
M'a dicté son tendre langage ;
S'il m'enseignoit l'art de me faire aimer,
Je lui devrois encore davantage.
Vous de qui les charmes vainqueurs,
Seuls auteurs & témoins de l'ardeur la plus tendre,
M'ont appris à verser des pleurs,
Et le plaisir qu'on goûte à les repandre,
Amour le veut, regnez toujours sur moi.
Et si mes dons peuvent vous plaire,
Jeune & belle * * * acceptez, sans colere,
Ce tendre gage de ma foi.
Mes vers vont retracer l'histoire déplorable
De deux amans formés dans le sein des amours.
Jaloux de leur bonheur, le sort impitoyable
De leurs plaisirs borna le cours.
On crut les désunir, ils s'aimerent toujours.
Envain la fortune cruelle
S'oppose au succès de nos vœux ;

ã ij

Si nous brûlons d'une flamme fidelle,
 Nous triomphons, en dépit d'elle :
— C'est par le cœur qu'on est heureux.

Vous sçavez, Madame, les raisons qui
m'ont déterminé à composer cet ouvrage. Je
vous lisois un jour, l'histoire d'Abailard
& d'Eloïse, & les lettres passionnées de ces
amans malheureux. Je remarquai que cette
lecture vous attendrissoit, & que vous ne
pûtes vous empêcher de donner des pleurs à
leur cruelle situation. Ce spectacle me tou-
cha à mon tour. Peut-on voir deux beaux
yeux repandre des larmes, sans être tenté
d'en verser ? je pleurai avec vous. Ce tendre
hommage que nous rendions à l'humanité,
dans un profond silence, dura tout le tems
que vous jugeâtes à propos. Je ne m'avisai
d'essuyer mes yeux, que quand vous essuyâ-
tes les vôtres. Un moment après vous reprîtes
la parole, & je commençai alors à parler.
Vous me sçûtes quelque gré de ma sensibi-
lité, parce que vous ignoriez sans doute
qu'Eloïse & Abailard n'en avoient pas tout
l'honneur. Vous crûtes devoir profiter de ce
moment, & vous me priâtes, je me sers de
vos termes, de composer une piéce de théâtre sur le sujet que nous venions de lire. Les

priéres des perfonnes de votre fexe, & faites
comme vous, font des ordres qu'il feroit
dangereux de ne pas exécuter. Je promis de
les remplir, fans trop fonger à quoi je m'en-
gageois. La réflexion me fit voir des difficul-
tes auxquelles je n'avois pas penfé d'abord.
Comment mettre un pareil événement fous
les yeux d'une nation auffi delicate que la
nôtre fur l'article des bienféances ? une jeune
fille féduite par celui à qui on avoit confié
le foin de fes études, une paffion fondée fur
le crime, la peine honteufe & cruelle qui en
fut le fruit ; voilà, fans doute, des objets
capables de revolter l'imagination, & de
laiffer dans le cœur des impreffions dange-
reufes. Malgré toutes ces raifons, ma parole étoit donnée. Il n'y avoit plus moyen de
me dédire. Je connoiffois tout le péril qu'il
y avoit à vous obéir ; mais je craignois encore plus le malheur de vous déplaire, en ne
vous obéiffant pas. L'intérêt du cœur l'em-
porta fur celui de l'amour propre. Je ne fon-
geai plus qu'à remplir mes engagemens. Sans
défigurer mon fujet, il fallut chercher à l'a-
doucir ; & quoique je fentiffe bien qu'il
n'étoit pas fait pour être joué fur le théâtre,
j'avois cependant befoin des regles, pour
conftruire un poëme qui reffemblât à ceux

qu'on y repréfente. J'en ai négligé quelques-
unes que je n'ai pas cru devoir obferver fcru-
puleufement dans un ouvrage qui ne devoit
être que lu.

La piéce finie, je courus vous la commu-
niquer. Je ne dirai point l'impreffion qu'elle
fit fur vous. C'eft une circonftance qui n'a
rien d'intéreffant pour les autres, auffi en ai-
je recueilli feul tout le fruit. Si l'accueil
que vous lui avez fait eft flatteur pour moi,
il eft indifférent pour les lecteurs. Ils ne re-
glent point leurs fuffrages ou leur critique
fur les difpofitions des particuliers ; & cela
doit être. Je me contenterai, Madame, d'a-
jouter ici, qu'après m'avoir engagé à com-
pofer cet ouvrage ; vous avez voulu encore
que je le miffe au jour. Je n'aurois pas man-
qué de bonnes raifons à vous oppofer, fi
vous aviez été difpofée d'en recevoir ; mais
vous êtiez d'humeur de demander, & moi
en train d'accorder. J'avoûrai cependant que
ma complaifance, à cet égard, a été portée
à l'extréme; & il feroit jufte que vous m'en
tinffiez quelque compte pour mon dédommagement. Ne croyez pas que je cherche à
me parer d'une fauffe modeftie. C'eft une
reffource ufée qui n'eft plus qu'à pure perte
pour celui qui la met en œuvre. Vous le

sçavez , Madame , je suis autant éloigné à chercher des éloges peu mérités , qu'à me refuser à ceux dont je me croirois digne. Les applaudissemens du public , à prendre ce dernier mot dans sa véritable signification , sont pour un Auteur ce qu'étoient autrefois pour un Conquérant les honneurs du triomphe. La gloire litteraire ne sçauroit aller plus loin. Tout écrivain qui fait semblant de les envisager avec indifférence , en impose ; & celui qui est parvenu à les mériter , est monté aussi haut que son état peut le permettre.

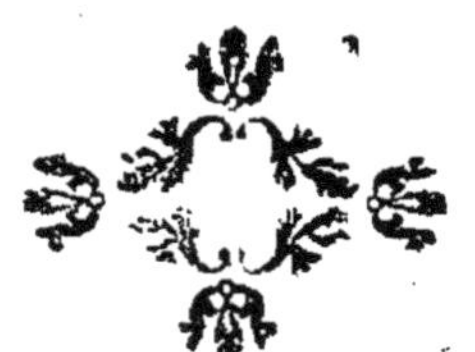

ACTEURS.

LE COMTE, Epoux deſtiné à Eloïſe.

FULBERT, Oncle d'Eloïſe.

LA MARQUISE, Sœur de Fulbert.

ELOISE, Amante d'Abailard.

ABAILARD, Amant d'Eloïſe.

NERINE, Confidente de la Marquiſe
& d'Eloïſe.

FRONTIN, Valet d'Abailard.

M. GRIF, Intendant.

*La Scene eſt dans un Château de Fulbert,
aux environs de Paris.*

ABAILARD.

ABAILARD

ET

ELOÏSE.

ACTE PREMIER.

SCENE PREMIERE.

LA MARQUISE, NERINE.

LA MARQUISE.

BAILARD eſt, dis-tu, dans ſon appartement ?

NERINE.

Oui.

LA MARQUISE.

Sçait-il que ie veux lui parler ?

NERINE.

Oui, Madame.

LA MARQUISE.

Peut-on compter ſur toi, Nerine ?

A

NERINE.

affurément.

LA MARQUISE.
Es-tu fincere ?

NERINE.
Autant que peut l'être une femme.

Dequoi s'agit-il ?

LA MARQUISE.
Toi, dont les yeux curieux

Cherchent partout & percent en tous lieux,
N'as-tu rien découvert au fujet d'Eloïfe ?

NERINE.
Comment ?

LA MARQUISE.
N'as-tu pas apperçu

Si pour quelqu'un fon ame étoit éprife ?
Et fi....

NERINE.
Non. Là-deffus je n'ai jamais rien vû.
Depuis le jour que votre frere
A dans ces lieux introduit Abailard,
Philofophe charmant, s'il étoit moins auftére,
J'ai promené mes yeux de toutes parts,
Pour voir fi le Doɛteur, en effet moins févére,
ne donneroit pas par hafard
A l'éleve qu'on lui confie
D'autres leçons que de Philofophie.
Malgré ce que j'ai fait pour éclaircir ce point,
Je n'ai rien découvert où l'on puiffe redire.
L'un ne fait qu'enfeigner, & l'autre que s'inftruire.
Ils s'eftiment tous deux, mais ils ne s'aiment point.

LA MARQUISE.
Et fur quoi juges-tu de leur indifférence ?

NERINE.

La chofe eſt fort claire, je penſe.
Semblables à ces gens qui ſe piquent d'eſprit ;
    Ils ſont toujours d'un ſentiment contraire.
    C'eſt corſaire contre corſaire.
L'un veut blanc, l'autre noir. On crie, on s'étourdit
    On ne parle que par *dilème*.
(J'ai retenu ce mot en dépit de moi-même.)
Non. Ce n'eſt pas ainſi que l'amour en agit.
On eſt toujours d'accord avec ce que l'on aime ;
    Et l'on ne fait pas tant de bruit.

LA MARQUISE.

N'importe. Il faut plus loin porter ta vigilance,
    Et redoubler ta prévoïance.
Et tu m'avertiras, ...

NERINE.

                    Enfin nous y voilà.

LA MARQUISE.

    Nerine, qu'entends-tu par là ?

NERINE.

Me ſeroit-il permis de dire ma penſée ?

LA MARQUISE.

Eh bien ?

NERINE.

    A vos diſcours on pourroit parier
    Que vous voulez vous marier,
Que même vous êtes preſſée ;
Et que le Philoſophe eſt, ſoit dit entre nous,
Celui que votre cœur demande pour époux.

LA MARQUISE.

Quoi, Nerine, tu veux qu'à ce point je m'oublie?

NERINE.

    Laiſſons tous les raiſonnemens.
On eſt fille, il ſuffit. Et l'on ſent là dedans

                        A ij

        Un je ne sçais quoi qui nous crie
Qu'il faut cesser de l'être après un certain tems.
            LA MARQUISE.
Mais....
                NERINE.
        C'est un droit qu'on paie à la nature,
Et qu'elle demande à grand cri.
            LA MARQUISE.
        Moi, je soûtiens....
                NERINE.
                        Et moi, je vous assûre
Que nous avons besoin toutes deux d'un mari.
            LA MARQUISE.
Tu croirois donc....
                NERINE.
                Je crois que votre état vous pese.
— Çà mettons-nous l'une & l'autre à notre aise.
Le cas n'est point douteux, il vous faut un époux.
Voïons si le Docteur, Madame, fait pour vous....,
Je crois que non.
            LA MARQUISE.
        Pourquoi ?
                NERINE.
                    Voici ce que j'en pense.
Vous avez de grands biens, un nom, de la naif-
    sance,
        Un ton de cour, des airs brillans.
        Votre Abailard, est homme de province,
        Pour bien il n'a que ses talens,
Et je soupçonnerois sa noblesse fort mince.
            LA MARQUISE.
Quoi ! parce qu'il n'a pas un nom, de grands
    emplois,
        Mérite-t'il moins de me plaire ?

Mais à juger de lui par tout ce que je vois,
Sans doute il ne fort point d'une race vulgaire.
　　Il eſt même, ſi je m'en crois,
Philoſophe par goût, & profeſſeur par choix.
　　　　N E R I N E.
Par goût, ou par beſoin, ſoit ; il eſt Philóſophe.
　　Un Mari de ſemblable étoffe,
　　Qu'il ſoit enfin tout ce que l'on voudra,
　　　Je vous proteſte bien, Madame,
Qu'il n'auroit pas l'honneur de m'avoir pour ſa
　　femme.
　　　Les ſots mortels que ces gens-là !
Moi, je préférérois un fat, un petit maître
A tous ces grands docteurs, hériſſés d'argumens.
　　Un fat n'eſt fat que dans certains momens,
　　　Un ſot ne ceſſe point de l'être.
　　　L A   M A R Q U I S E.
Mon avis ſur ce point eſt différent du tien.
　　D'ailleurs, s'il faut ne te rien taire,
　　Cet Abailard, enfin....
　　　　N E R I N E.

　　　　　　　　　　　　Eh bien ?
　　　L A   M A R Q U I S E.
Sans y penſer, a trouvé l'art de plaire.
　　　　N E R I N E.
　Soit. Un ſçavant vaut encor mieux que rien.
Vous l'épouſerez donc ?
　　　L A   M A R Q U I S E.
　　　　　　　　　J'en ſuis preſque tentée.
Non que de ſes talens je ſois fort entêtée.
　　Je les admire, j'en fais cas,
　　Mais ils ne m'ébouiſſent pas.
　Ce qui me pique en cette circonſtance
　Eſt de regner ſur un cœur endurci

Où regne uniquement l'amour de la science ;
De voir un bel esprit, comme un tigre adouci,
Oublier à mes pieds sa superbe arrogance.
   J'ai vu tomber à mes genoux
   Le Magistrat, le Militaire,
   L'homme de cour, l'homme d'affaire,
   Et je les ai méprisés tous.
Les soins qu'ils me rendoient, ils les rendoient
  à d'autres.
  Mais un savant est ferme en ses amours.
   S'il s'engage, c'est pour toujours.
  Et ne connoît d'autres loix que les nôtres.
Quand de pareils amans deviennent nos époux,
Nous dominons sur eux, sans qu'ils regnent
  sur nous.
   L'hymen rallentissant leurs flammes,
   La vieille habitude renaît.
L'étude tout entier les occupe, & leurs femmes
Font de leur liberté l'usage qu'il leur plaît.
Ainsi, tirant parti de toutes leurs foiblesses,
  Par vanité nous sommes leurs maîtresses,
  Et leurs femmes par intérêt.
   N E R I N E.
  C'est agir prudemment, Madame.
Il faut donc l'épouser & faire son chemin.
   Pour moi, sur son valet Frontin
J'ai fait tomber mon choix, & je serai sa femme,
Si vous le trouvez bon.
   LA MARQUISE.
    Tu peux compter sur moi.
Mon frere est à Paris, où, selon l'apparence,
Il songe à marier Eloïse, & je croi
Que c'est là le motif d'une si longue abscence.
  A son retour je parlerai pour toi.

NERINE.
Nous l'attendrons peut-être encor long-tems,
	je pense.
LA MARQUISE.
Il m'écrit qu'aujourd'hui nous le verrons ici.
De son consentement je te réponds d'avance.
	Adieu.
NERINE.
			Madame , grammerci.
	Comptez aussi sur ma prudence.
	Abailard vient. Desormais avec soin
	J'observerai leur contenance ,
Et vous viendrai, de tout, informer au besoin.

SCENE II.

LA MARQUISE, ABAILARD.

ABAILARD.

Auprès de vous, Madame , on m'a dit de
	me rendre.
LA MARQUISE *à part.*
	Quel trouble est comparable au mien !
haut. Peut-on vous demander un moment d'en-
	tretien ?
ABAILARD.
Me voici prêt à vous entendre.
LA MARQUISE.
Mais, avant tout , sur vous puis-je compter?
ABAILARD.
C'est m'offenser que d'en douter.

LA MARQUISE *à part.*

Ah! qu'il en coute cher d'aimer & d'être femme!
Et que j'éprouve un cruel embarras!

haut.

Voyez mes yeux, ne vous difent-ils pas
L'état où fe trouve mon ame?

ABAILARD.

Non.

LA MARQUISE.

Ah! que je le hais de s'expliquer fi mal!
Mais vous dont le génie eft, dit-on, fans égal,
Et je crois qu'en cela l'on ne vous fait pas grace,
Qui même dans les cieux fçavez ce qui fe paffe,
Ne concevez-vous pas ce qui fe paffe en moi?

ABAILARD.

Non, Madame, & j'avoue ici mon ignorance.

LA MARQUISE.

Abailard, à ce que je voi,
Vous n'étes point fi favant que l'on penfe!
Et c'eft ce qui fait mon ennui.

ABAILARD.

Le cœur humain eft un vrai labyrinte.
On ne voit rien de plus obfcur que lui.
C'eft où regnent fur-tout & l'erreur & la feinte.
L'homme peut bien porter fes regards dans les
    cieux,
Mefurer leur efpace, en compter tous les feux,
Connoître la nature & fon Auteur fuprême;
Mais, foit diftraction, foit négligence extrême,
Ou crainte de fe voir fi petit à fes yeux,
L'homme ignore un autre homme, & s'ignore
    lui-même.

LA MARQUISE.

Il eft vrai. Pour juger des foibleffes d'autrui,

Il

Il faut avoir senti ce qui se passe en lui.
Pour vous que rien n'altere, ni n'enflamme,
Vous ne pouvez pas concevoir....

ABAILARD.

Je n'oserois me prévaloir....

LA MARQUISE.

Sans pénétrer trop avant dans votre ame,
Je pourrois avancer que sur un certain point
Au reste des mortels vous ne ressemblez point.

ABAILARD.

Et quel est ce point là ?

LA MARQUISE.

C'est l'amour.

ABAILARD.

Quoi, Madame,
Vous me croïez incapable d'aimer ?

LA MARQUISE.

Oui.

ABAILARD.

Je n'ai point sucé le lait d'une tigresse,
Et dans moi la nature a pris soin de former
Un cœur*, des sentimens, de la délicatesse,
Enfin tout ce qui fait qu'on se laisse charmer.
Eh ! quelle ame, après tout, & si fiere & si dure
Ne se laissera pas quelquefois enflammer,
En voyant les beautés qui parent la nature,
Et ces yeux dont les feux sçavent tout animer ?

LA MARQUISE.

S'il arrivoit donc qu'une femme
Voulût....

ABAILARD à part.

A quoi tend ce propos ?....

haut.

Voilà votre intendant qui vous cherche, Madame.

* Voiez le poëme solidique des Coeurs de l'abbé
de Boufflers 1765.

B

SCENE III.

LA MARQUISE, ABAILARD, M. GRIF.

LA MARQUISE *à part.*

AH ! que ces intendans font fots !

haut.

Laiffez-moi , je vous prie , un moment en repos.
Un autre jour je verrai cette affaire.

M. GRIF *très-lentement.*

Madame point du tout. J'aurai fait en deux mots.

ABAILARD *à part.*

Non. Jamais Intendant ne fut plus neceffaire.

M. GRIF , *toujours fur le même ton.*

Comme je fuis exact , & fur-tout fort concis ,
Je vous apporte ce mémoire ;
Les articles duquel, comme on peut bien le croire,
Sont rédigés par ordre , & d'un ftile précis ,
Au nombre feulement de cent cinquante-fix ,
Contenant toutes les dépenfes
Faites jufqu'à ce jour , quatorziéme du mois ,
Pour les menus plaifirs , & leurs appartenances.

LA MARQUISE.

Vous reviendrez une autre fois.
Je n'ai pas le loifir d'examiner ce compte.

M. GRIF.

Dont le total , fauf erreur & mécompte ,
Se monte , comme on voit tout au bas du cayer ,
A neuf cens quinze francs , dix-neuf fous , un
denier.

LA MARQUISE.
Eh ! Monfieur Grif !
M. GRIF.
On n'en peut rien rabattre.
Vous ne voudriez pas que j'y miffe du mien.
LA MARQUISE.
Non. Mais . . . .
M. GRIF.
Il faut que chacun ait le fien.
Mon compte eft auffi clair que deux & deux font
quatre.
LA MARQUISE.
Je le crois. Cependant . . . .
M. GRIF.
Je fuis un homme franc.
J'aime mieux n'avoir rien, & mourir fur un banc,
Que d'amaffer du bien, au péril de mon ame.
LA MARQUISE.
Aurez-vous bientôt dit ?
M. GRIF.
Je fuis ravi, Madame,
Que vous rendiez juftice à ma fidélité.
Je m'en vais donc avec humilité,
Pour éviter tout reproche & tout blâme,
Vous détailler . . . .
LA MARQUISE.
Sortez.
ABAILARD.
Je me retirerai,
Si vous voulez.
LA MARQUISE *à Abailard.*
Eh non. Reftez.
M. GRIF.
Je refterai.
B ij

C'eſt mon deſſein.
LA MARQUISE.
Bourreau !
M. GRIF.
Vous êtes trop honnête,
Je vais donc commencer. *Primò.* Pour . . . .
LA MARQUISE *à part.*
Quelle tête !
Je n'y tiens plus.
M. GRIF, *liſant.*
Primò donc , pour odeurs,
Eau de lavande , eſſences , muſc , civete,
Eaux pour blanchir les dents , pour chaſſer les
    vapeurs,
Ou rendre le teint frais , & mainte autre recete,
Deux cens quatre-vingt francs.
LA MARQUISE.
C'en eſt fait : je me meurs.
M. GRIF *ceſſant de lire.*
Je ne vous ſurfais pas. Il faut qu'on conſidere
    Que chacun dans cette maiſon ,
    Juſqu'à la petite fermiere ,
    Et même votre cuiſiniere ,
    Uſe d'ambre & de vermillon.
C'eſt pis qu'une fureur.
LA MARQUISE.
Je ſuis évanouie.
J'étouffe.
elle ſort.
M. CRIF *continuant de lire.*
Secundò. Pour deux petits roquets ,
Un épagneul, un ſinge, & quatre perroquets.
Cinq cens livres , dix ſols.

ABAILARD.

Mais à qui, je vous prie,
En avez-vous donc, Monsieur Grif ?
Ne voyez-vous pas bien que Madame est sortie ?

M. GRIF.

Ah ! pardonnez. Je vais d'un pas hatif
Chercher Madame, à s'esquiver bien prompte,
Et lui notifier le surplus de mon compte.
Il sort.

SCENE IV.

ABAILARD, ELOISE.

ABAILARD.

CET Intendant est un homme rétif.
Mais Eloïse vient. Vous me semblez rêveuse ?

ELOISE.

Ne pénétrez-vous pas ce qui fait mon ennui ?
Je ne vous avois point encore vû d'aujourd'hui.
Je vous revois enfin, & je suis trop heureuse !
Cher Abailard, m'aimeriez-vous toujours ?

ABAILARD.

Un tel soupçon me surprend & m'outrage.
Pourquoi me tenir ce discours ?

ELOISE.

Vous m'aimez ? je ne veux rien sçavoir davantage.

ABAILARD.

Mes sermens, vos bontés, & vos tendres appas,
Tout ne vous rassure-t-il pas ?
Avec tant d'agrément peut-on césser de plaire ?

ELOISE.

Si votre cœur est bon , je suis en sureté.
La constance est le fruit d'un heureux caractère ,
    Non l'ouvrage de la beauté.

ABAILARD.

Vous m'offensez par ces injustes plaintes.
Que craignez-vous ?

ELOISE.

            Pardonnez à mes craintes.
Pour calmer mon esprit , je demande en ce jour
    Une preuve de votre amour.
        Il faut . . . .

ABAILARD.

                Parlez : que faut-il faire ?

ELOISE.

On attend de mon oncle aujourd'hui le retour.
Il lui faut de nos feux découvrir le mystére.

ABAILARD.

    O Ciel ! qu'osez-vous proposer.
    Madame , & quelle est ma surprise !

ELOISE.

    Quoi ! vous osez me refuser !
C'en est fait , Abailard n'aime point Eloïse !

ABAILARD.

Madame , il vous adore , & jamais tant d'ardeur
Ne s'étoit fait sentir dans le fonds de mon cœur.
Mais . . . .

ELOISE.

Qui peut empêcher l'effet de vos promesses ?

ABAILARD.

Tout.

ELOISE.

Quoi ! vous craignez . . . .

ABAILARD.

Oui. Je crains mille revers.
Je crains mon amour, mes foibleſſes,
Les rigueurs de Fulbert, enfin tout l'univers.
Eſt-ce là, dira-t-on, ce Philoſophe auſtère ?

ELOISE.

Tu crains les vains diſcours d'un peuple téméraire,
Et de ton Eloïſe, & d'une amante en pleurs,
Tu comptes donc pour rien la honte & les dou-
    leurs !
Quoi ! ſon amour trahi, l'état où tu la laiſſes, —
Tes ſermens redoublés, la foi de tes promeſſes ;
    Que ſçais-je encor ! peut-être mon trépas,
Qui va ſuivre de près la honte où tu m'abbaiſſes,
    Ingrat ne te toucheront pas !

ABAILARD.

Ah ! cruelle ! ceſſez de tenir ce langage.
Vous vivrez, ſi vos jours dépendent de ma foi.
Ecartons ces horreurs loin de vous & de moi.
J'entrevois, à travers la fureur de l'orage,
Un port qui peut nous mettre à couvert du nau-
    frage.
    Venez, pourquoi balancez-vous ?
Profitons des momens que le Ciel nous envoye.
    En me ſuivant vous ſuivrez un époux.

ELOISE.

Pour nous ſauver n'eſt-il que cette voye ?

ABAILARD.

    Dequoi pouvons-nous nous flatter ?
Eſclave des grandeurs, pleins de ſon opulence,
    Fulbert voudra-t-il écouter
Un amant, qui ſans biens, ſans titre, ſans
    naiſſance,
    Ne peut piquer ſa vanité

D'aucun de ces grands noms dont il est entêté ?
Quand même à nos desirs rien ne seroit contraire,
   Pouvons-nous rester en des lieux,
Où l'on va désormais à la honte des deux,
Publier mille bruits qu'on ne peut faire taire ?
Je sens que j'en mourrois de douleur à vos yeux.
      E L O I S E.
Non, cher amant, souffrez seulement que j'agisse.
Eloïse pour vous priera, pressera,
Devant son cruel oncle elle s'abaissera.
Fulbert à nos souhaits peut devenir propice.
Alors, cher Abailard, unie à votre sort,
Alors de votre cœur uniquement jalouse,
   Vous me verrez vous suivre avec transport
Partout où vos désirs conduiront votre épouse.
     A B A I L A R D.
   Eh bien. Je veux tout ce que vous voulez,
    Je veux jusqu'au bout vous complaire.
  Voyez Fulbert, priez, pressez, parlez.
Employez de vos yeux l'éloquence ordinaire.
J'entends du bruit : changeons de ton & d'en-
tretien.

✿✿✿✿✿✿✿✿✿✿✿✿✿✿✿✿✿✿✿✿✿✿✿✿✿✿✿✿✿

S C E N E V.

ELOISE, ABAILARD, NERINE.

NERINE, *à part au fond du Théatre.*

SUR le fait je m'en vais les prendre.
Ecoutons leurs discours, & retenons-les bien.
        ABAILARD.

ABAILARD.

La chofe eft aifée à comprendre,
Et par l'expérience on peut la démontrer.
On a grand tort de s'opiniâtrer
Et contre la raifon, & contre l'évidence.

ELOISE.

Si l'air eft élaftique, il eft conféquemment
Pefant, compacte & plein de refiftance.
Or s'il eft tout cela, je ne vois pas comment
Les hommes peuvent un moment
Réfifter à ce poids immenfe.
Il doit les écrafer indubitablement.

ABAILARD.

Non. Car, l'air du dedans tient l'autre air en balance.

ELOISE.

Cet air extérieur devroit les empêcher
Au moins d'aller, de venir, de marcher.
Je croyois me mouvoir dans un immenfe vuide.
Soûtenir le contraire, eft vraiment me fâcher.
Il me faut déformais marcher d'un pas timide,
Contre un atôme trop folide.

ABAILARD.

Ne craignez rien. L'air eft fluide.

ELOISE.

Je commence à voir clair, mais pour m'éclaircir
mieux,
Recourons à l'expérience.

Vont au cabinet de phyfique expérimentale obferver le coin du lit, et faire enfemble la bête à deux dos, du madame du Chastelet. Ils fortent.

SCENE VI.

NERINE, *seule*.

HElas ! qu'ils font fimples tous deux !
Ils ont peu de malice, encor moins de fcience:
Car la premiere, à mon avis,
Eft, quoique puiffe dire un docte & fes écrits,
Celle d'aimer & de fe rendre aimable.
Frontin l'a dit, j'en crois Frontin.
Or je foutiens, chofe fort foutenable,
Qu'un amant ignorant eft toujours préférable
Au Philofophe froid qui n'a que fon latin.

SCENE VII.

FRONTIN, NERINE.

NERINE.

AH ! te voilà.

FRONTIN.

Bonjour, Nerine.
Comment me traite-tu, ma charmante Lutine ?
Car on peut à bon droit t'appeller de ce nom.

NERINE.

Le compliment eft doux ! Mais par quelle raifon
Me donne-tu ce titre honnête ?

FRONTIN.

Bon ! ne le fais-tu pas ? depuis plus de fix mois
Que mon amour me roule dans la tête,

Tu ne m'as pas permis feulement une fois .....
NERINE.
Pour le prefent je n'ai rien à permettre.
Mais lorfque nous ferons unis,
De tout je te laiffe le maître.
FRONTIN.
— Tout perd alors la moitié de fon prix.
Dans les bras du devoir l'amour trifte fommeille.
Ce qu'on lui défend le reveille.
Si tu voulois en attendant ....
NERINE.
Doucement, Frontin, & fois fage.
FRONTIN.
Tu le veux? Soit. Pourvu que l'Intendant....
NERINE.
Quoi?

FRONTIN.
N'anticipe point fur notre mariage,
NERINE.
Pauvre efprit !
FRONTIN.
Cependant je crains ....
NERINE.
Et que crains-tu ?

FRONTIN
Que Monfieur Grif....
NERINE.
Qui ? lui ! cet animal têtu,
Ce grand Flandrin, cette figure d'homme,
Qui ne finit jamais, dont la prefence affomme,
Qui, d'éternels difcours, affaffine les gens !
Je fais mieux choifir mes amans.
Mon goût pour toi le prouve affez.

FRONTIN.
Pour moi?

NERINE.
Sans doute.

FRONTIN.
Qui m'en repondra ?

NERINE.
Moi. Mon cœur.

FRONTIN.
Les bons garans !

NERINE.
Ils font fûrs, & je veux t'en bien convaincre. Ecoute.

FRONTIN.
Quoi.

NERINE.
Fulbert arrive aujourd'hui.

FRONTIN.
Oui.
Après.

NERINE.
Demain je ferai ton épouse.
La Marquife l'a dit.

FRONTIN.
J'en fuis , parbleu , ravi.
Touche là.

NERINE.
Fais donc tréve à ton humeur jaloufe.

Fin du premier Acte.

ACTE II.

SCENE PREMIERE.

M. GRIF, NERINE.

NERINE.

LAISSEZ-MOI, s'il vous plaît. Je ne veux rien entendre.

M. GRIF.

Quatre mots seulement.

NERINE.

Non. Pas la moitié d'un.

M. GRIF.

Vous avez beau vous en défendre.

NERINE.

Allez-vous-en.

M. GRIF.

Souffrez....

NERINE.

Ah l'importun ?

M. GRIF.

De grace, écoutez-moi.

NERINE.

Quel homme acariâtre !

Adieu.

M. GRIF.
Je veux vous fuivre, & dûffiez-vous me
battre.
Il faut, avec votre permiffion....

NERINE.
Soit. J'aurai plutôt fait de lui laiffer tout dire.
Voyons donc : mais fur-tout point de digreffion.
Soyez expéditif.

M. GRIF.
C'eft mon intention.
Toute longueur ennuye ; & des tourmens le pire,
C'eft l'ennui.

NERINE.
Je le fens.

M. GRIF.
Le tems qui court toujours,
Nous avertit qu'il faut abreger nos difcours,
Ne rien dire de trop.

NERINE.
Votre ton laconique
Me plaît affez.

M. GRIF.
Je vais droit au but, & m'en pique.
Je ne lâche jamais un mot qui foit de trop.
Ma langue, & mon efprit vont toujours le galop.

NERINE.
Il y paroît, je vous affûre.
Mais de quoi s'agit-il ?

M. GRIF.
Je viens vous fupplier
Que vous me permettiez....

NERINE.
Quoi ?

M. GRIF.
De me marier,

Pour laiſſer après moi de ma progéniture.
N E R I N E.
Nous préſerve le ciel d'une telle avanture !
Quand tous les Intendans , & les Grifs avec eux
Seroient morts pour toujours , il n'en iroit que
    mieux.
M. G R I F.
Ce deſſein au contraire eſt ſage & fort louable.
C'eſt pour l'effeƈtuer , que j'ai jetté les yeux
Sur certaine beauté , dont l'humeur agréable
Me promet un bonheur. . . .
N E R I N E.
Son nom ?
M. G R I F.
C'eſt. . . . Devinez.
Oh ! je ſuis ſûr que vous la ſoupçonnez.
N E R I N E.
Qui voulez-vous que je ſoupçonne ?
M. G R I F.
En un mot , c'eſt vous-même , adorable frippone.
N E R I N E.
Vous m'aimez ?
M. G R I F.
Grâce au ciel ! c'eſt là tout mon ſouci.
N E R I N E.
Tant pis pour vous , car grâce au ciel auſſi !
Je ne vous aime point.
M. G R I F.
Ah ! vous êtes trop bonne ,
Pour ne pas agréer mes très-humbles reſpeƈts.
N E R I N E.
De vos humbles reſpeƈts je ſuis l'humble ſervante ;
Je ne veux point être Intendante.
M. G R I F.
Vos charmes ſont ſi doux !

NERINE.
Les vôtres sont si secs !
M. GRIF.
Si pourtant vous vouliez me croire . . . . .
NERINE.
N'en parlons-plus.
M. GRIF.
J'ai du comptant,
Je vous enrichirai.
NERINE.
Je n'aime point l'argent,
Ce seroit cependant une œuvre méritoire
Que de plumer un Intendant.
M. GRIF.
Prenez pitié de mon martyre.
—Voyez mes pleurs.
NERINE.
Vos pleurs me font crever de rire.
Allez mon pauvre ami , je ne veux rien de vous.
M. GRIF.
J'ose esperer qu'un jour , d'un regard moins severe,
Vous verrez de mon cœur l'hommage volontaire
Et que prenant pour moi des sentimens plus doux,
D'un serviteur soumis vous ferez un époux.

M. GRIF *fait en sortant plusieurs révérences ,*
accompagnées de gestes & de regards passionnés:
Nerine y répond avec un ris moqueur , & des
gestes méprisans.

SCENE

SCENE II.

NERINE *seule*.

CE Monsieur Grif est un homme admirable !
Je lui sçais gré pourtant de me trouver aimable.
Quoique de sa conquête on soit peu glorieux ,
Cela flate toujours l'amour propre femelle.
Qu'un sot aime une femme, & dise qu'elle est belle,
Il n'est plus si sot à ses yeux.

SCENE III.

LA MARQUISE , NERINE.

LA MARQUISE.

NERINE, eh bien , n'as-tu rien à me dire ?
NERINE.
Pardonnez-moi. Nos gens ne s'aiment point.
Soyez tranquille sur ce point.
Je m'y connois.
LA MARQUISE *à part*.
Grâce au ciel je respire !
NERINE.
Tantôt seuls je les ai surpris
Qui raisonnoient sur certaine matiere,
Selon moi, fort peu nécessaire.
Les Philosophes sont de singuliers esprits !
LA MARQUISE.
Sur quoi disputoient-ils ?

D

NERINE.

Sur l'air. Quelle misere!

Oui, Madame, sur l'air. Je vous laisse à penser
Si ce point-là pouvoit les bien intéresser.
Ils ont parlé beaucoup & du plein, & du vuide,†
Du pesant, du leger, enfin que sçais-je, moi,
Ce qu'ils ont dit encor! je croi
Pourtant, Madame, & je décide
Qu'ils n'ont en tout cela rien dit de fort solide.

LA MARQUISE.

Ils ne s'aiment donc point, Nerine?

NERINE.

Assûrément.
L'amour, pour s'expliquer, parle bien autrement.
Je crois, à peu près, m'y connoître.
Lorsqu'on voit quelque objet charmant,
Objet aimé, comme il doit l'être,
Ce sont certains soupirs, c'est un air de langueur,
Des yeux tantôt éteins, tantôt remplis d'ardeur;
C'est un transport dont on n'est pas le maître.
Que de vivacité! quel doux épanchement!
Que l'on s'exprime éloquemment!
On gémit, on se plaint, on quérelle, on s'appaise.
Tantôt triste, puis gai, toujours tendre, toujours
Ayant à reveler quelque sécret qui pése.
Gestes, maintien, regards, discours,
Pleurs, sourire, silence même,
Nous sommes tout amour, tout annonce qu'on
aime.
Est-on heureux? c'est une joye, un bien
Près duquel le reste n'est rien,
Et les yeux d'un amant semblent partout le dire.
Veut-on le devenir? On s'empresse, on soupire,
Ce sont des soins, c'est un tendre respect,

Des difcours fi touchans ! On s'epuife en tendreffe,
On promet tout. Quelqu'un nous paroît-il fufpect?
Craint-on quelque rival ? efprit, raifon, fageffe,
Repos, tout difparoît, & c'eft pis qu'une yvreffe.
Voit-on l'objet aimé fe déclarer pour nous ?
　　　Adieu fureurs, adieu tranfports jaloux,
　　　　Tout fe calme, & l'orage ceffe.
Ce n'eft point-là le portrait de nos gens.
　　　　LA MARQUISE.
Je vois qu'à me fervir tu te montres fidelle.
Mais ma niéce paroît. Qu'on me laiffe avec elle.
Je fçaurai te payer de tes foins obligeans.

SCENE IV.

LA MARQUISE, ELOISE.

LA MARQUISE.

ELOISE, je fçais que vous êtes fincere,
Sur un point important daignez ne me rien taire.
　　　　Je vous aime, & je n'eus jamais
Rien de caché pour vous.
　　　　ELOISE.
　　　　　　　Je n'ai point de fecrets
　　Dont je ne puiffe vous inftruire.
　　　　LA MARQUISE.
Connoiffez-vous à fonds votre maître ?
　　　　ELOISE.
　　　　　　　　　Je fçais
Qu'il a de grands talens que tout le monde admire,
Qu'on fait fur-tout fous lui de merveilleux progrès.
　　　　　　　　D ij

LA MARQUISE.

Ce n'eſt pas là ſur quoi je veux qu'on m'éclairciſſe.
À ſes talens je rends juſtice.
Penſez-vous qu'Abailard eût de l'éloignement
Pour quelque tendre engagement ?

ELOISE.

Je ne comprends pas bien ce que vous voulez dire,
Daignez....

LA MARQUISE.

Je vais m'expliquer mieux.
Je veux le marier.

ELOISE.

Le projet eſt heureux !

LA MARQUISE.

Croyez-vous qu'Abailard refuſe
De ſe prêter à cet arrangement ?

ELOISE *vivement.*

Oui. Je le crois.

LA MARQUISE.

Mais quelle excuſe
Pourroit-il donc avoir ?

ELOISE.

Il en a cent.
Un Philoſophe ! lui , ſonger au mariage !
Non. Il n'eſt pas propre pour le ménage.

LA MARQUISE.

De ſon état on pourra l'arracher.
Une femme charmante , à la fleur de ſon âge ,
Peut beaucoup ſur un cœur qu'elle veut s'attacher.

ELOISE.

L'épouſe qu'à ſon ſort vous avez deſtinée
A donc bien de piquans appas ?

LA MARQUISE.

Mais dans le monde on dit qu'elle n'en manque pas.

Vous me paroiffez étonnée ?
E L O I S E.
Madame , point du tout.
LA MARQUISE.
Quelque intérêt fecret ,
Vous fait-il craindre que fon ame
Ne fe livre aux tranfports d'une amoureufe flâme?
ELOISE.
Je ne vous comprens point. Ai-je d'autre intérêt
Que celui que l'on trouve auprès d'un maître ha-
bile ?
M'inftruire , me former eft tout ce que je veux.
LA MARQUISE.
Vous faites fagement de borner là vos vœux.
E L O I S E.
Cette reflexion eft affez inutile.
LA MARQUISE.
Ma niéce , fi j'en crois vos yeux , votre embarras...
ELOISE.
Vous me défefpérez en parlant de la forte.
LA MARQUISE.
Mais voyez où déja le dépit vous emporte.
Poffedez-vous donc mieux , puifque vous n'aimez
pas.
ELOISE *vivement.*
Je me poffede auffi.
LA MARQUISE.
Vous n'êtes pas fincère.
Cet air myftérieux, votre faififfement....
ELOISE.
Mais il n'eft point là de myftère.

LA MARQUISE.
Bien férieufement ?

ELOISE.
Oui. Sérieusement.
LA MARQUISE.
Je vais donc épouser Abailard.
ELOISE.
Vous, Madame ?
LA MARQUISE.
Oui. Moi.
ELOISE.
Vous vous moquez.
LA MARQUISE.
Non.
ELOISE.
Vous seriez la femme
D'un.... Cela ne se peut.
LA MARQUISE.
J'y ferai de mon mieux.
Abailard à peu près est instruit de mes vœux.
ELOISE *à part*
Qu'entens-je ! Quoi le traître ! il a pu me le taire!
haut.
Sans doute cet amour, avec un front sévère,
On ne l'aura pas écouté ?
LA MARQUISE.
C'est porter un peu loin la curiosité.
ELOISE.
Non. Je n'en doute point, vous avez sçu lui plaire.
Abailard des mortels est le plus amoureux.
Aimez-le à votre tour, devenez son épouse.
Mon ame afsûrément.... n'en sera point jalouse.
à part.
Je suis perdue ! (*haut*) Il vient. Vous pouvez tous les deux
Vous arranger pour cet himen heureux.
elle sort.

SCENE V.

LA MARQUISE, ABAILARD.

ABAILARD *à part.*

ELoïse m'évite ! ah ! que j'ai lieu de craindre....
Si j'ofois m'éclaircir.... Mais il faut fe contraindre.

LA MARQUISE *à part.*

Il me cherche des yeux , il paroît fe troubler.
Sans doute il vient pour me parler.

ABAILARD *à part.*

Attendons qu'elle fe retire

LA MARQUISE *à part.*

Il refléchit fur ce qu'il doit me dire.

ABAILARD *à part.*

Que cet inftant me péfe , & que je voudrois bien...

LA MARQUISE *à part.*

Voyons s'il parlera.

ABAILARD *à part.*

Le touchant entretien !

LA MARQUISE *à part.*

Oh c'en eft trop. Il faut que je commence.
Quel fupplice ! (*haut*) Abailard.

ABAILARD.

Plaît-il. Me parlez-vous ?

LA MARQUISE.

Mais..... je crois qu'oui. D'où vient ce long
filence ?

ABAILARD.

Madame.... je rêvois.

LA MARQUISE.
Le compliment eſt doux.
Et j'étois le ſujet de votre rêverie ?
ABAILARD.
Pardonnez-moi.
LA MARQUISE.
Comment ! Et qui donc, s'il vous plaît ?
ABAILARD.
C'eſt un point de philoſophie.
LA MARQUISE.
Ne pouviez-vous choiſir un plus aimable objet ?
Pour la belle galanterie,
Je le vois bien, Abailard n'eſt pas fait.
Mais vous ſçavez les ſecrets de mon ame.
Puis-je me promettre. . . .
ABAILARD.
Madame,
Qu'exigez-vous de moi dans l'état où je ſuis ?
Gardez vos bienfaits pour un autre.
Mon cœur, d'un cœur comme le vôtre
N'eſt pas un aſſez digne prix.
D'ailleurs, la choſe eſt impoſſible.
LA MARQUISE.
Je ſuis donc à vos yeux un objet bien horrible ?
ABAILARD.
Je rends plus de juſtice à vos charmans appas.
Je voudrois vous aimer, & je ne le puis pas.
LA MARQUISE.
Qui peut vous empêcher. . . .
ABAILARD.
Un obſtacle invincible.
Par d'autres nœuds je ſuis lié,
Et le devoir. . . .
LA MARQUISE.

LA MARQUISE.
Seriez-vous marié ?

ABAILARD *à part.*

Songeons à nous tirer d'affaire.
haut.
Oui. Je le fuis.
LA MARQUISE.
C'eft fort bien fait à vous.
J'étouffe de dépit , de honte & de colère.
D'une très-digne époufe , adieu le digne époux.

SCENE VI.

ABAILARD *feul.*

AH ! le ciel me délivre enfin de la Marquife.
Son amour importun me péfoit en effet.
Libre dans ma tendreffe , allons voir Eloife.
Elle m'apprendra le fujet. . . .
Mais en ces lieux un fort heureux la guide.

SCENE VII.

ABAILARD, ELOISE.

ABAILARD.

MADAME, ah! votre afpect ranime mon efpoir,
Souffrez. . . .
ELOISE.
Laiffez-moi.

ABAILARD.
Quoi !

ELOISE.
Je ne veux plus vous voir.

ABAILARD.
Qu'entens-je ! ô ciel !

ELOISE.
Vous êtes un perfide.

ABAILARD.
Ce discours me surprend. Qu'ai-je fait ? Qu'ai-je dit ?

ELOISE.
Vous le sçavez trop bien.

ABAILARD.
Non, Madame.

ELOISE.
Il suffit.

ABAILARD.
De grâce ! ...

ELOISE.
Non.

ABAILARD.
Du moins apprenez-moi mon crime.

ELOISE.
Allez.

ABAILARD.
Quelle raison ....

ELOISE.
Elle est trop legitime.

ABAILARD.
Je l'ignore pourtant.

ELOISE.
O ciel ! que je vous hais !

ABAILARD.
Et moi, je vous adore encor plus que jamais.
Madame..... Quel chagrin, quel trouble vous dé-
vore. ...

Que vois-je ! vous pleurez ! se peut-il qu'à ce point.
Non. Non. Rien ne rompra le beau nœud qui
    nous joint.
    Mon Eloïse m'aime encore.

ELOISE.

Non. Je ne vous pardonne point.
Et loin de vous aimer, ingrat, je vous abhorre.
    ABAILARD.
Ah ! votre cœur dément ce que la bouche dit.
    ELOISE.
Ne croyez point mon cœur, croyez-en mon dépit.
C'en est fait, & pour vous il n'est plus d'Eloïse.
    ABAILARD.
Vous m'étonnez, & ce prompt changement....

❦❦❦❦❦❦❦❦❦❦ † ❦❦❦❦❦❦❦❦❦

SCENE VIII.

ABAILARD, ELOISE, NERINE.

NERINE.

GRANDE nouvelle ! agréable surprise !
    Fulbert arrive en ce moment.
Le cœur ne vous dit rien ?
    ELOISE.
        Que veux-tu qu'il me dise ?
    NERINE.
Je m'entens. Valets, chaise, & tout ce qui s'ensuit,
Marche à grands pas, & l'escorte avec bruit.
    Certain Monsieur, homme de conséquence,
Jeune, riche, & qu'on dit d'une illustre naissance ;
Mais fat, ajoûte-t-on, au suprême degré,

Plein d'une sotte & frivole arrogance,
Avec Fulbert dans la salle est entré.
Par-ci, par-là sur son compte l'on cause,
Et je crois entrevoir la chose.

ELOISE.

Et que crois-tu ?

NERINE.

Tenez, ou je n'ai point d'esprit
Ou je vois ce dont il s'agit.
Ce Monsieur, ne vous en déplaise,
Vient exprès pour vous épouser.

ELOISE à part.

O ciel !

ABAILARD.

Qu'osez-vous proposer !

NERINE.

Vous devez en être bien aise.

ABAILARD.

Comment ?

NERINE.

Monsieur, point de courroux,
Vous êtes l'ami de Madame.
N'est-il pas vrai que le bien le plus doux
Que peut goûter une belle ame,
Est de voir son ami nager dans les plaisirs ?
Si de ce grand Seigneur Eloise est la femme,
Elle aura tout au gré de ses desirs,
Bijoux de prix, demeure magnifique,
Riches habits, & nombreux domestique.
Cela ne doit-il pas vous réjouir le cœur ?

ABAILARD.

Sortez.

NERINE à part.

Quelle mouche le pique.
Le Docteur aujourdhui n'est pas de belle humeur.
J'entrevois, à peu près, ce que cela veut dire.

SCENE IX.

ABAILARD, ELOISE.

ABAILARD *à part.*

QU'AI-JE entendu! ce contretems me perd.

haut.

Que dites-vous du deffein de Fulbert?

ELOISE.

Moi, Monfieur, rien.

ABAILARD.

Je vous admire.

On veut vous marier, & vous ne dites rien?

ELOISE.

Je dois à mes parens entiére obéiffance.

ABAILARD.

Vous époulerez donc cet homme d'importance?

ELOISE.

Sans doute.

ABAILARD *piqué.*

Vous ferez très-bien.

ELOISE.

Monfieur, j'en fuis perfuadée,
Et je profiterai de vos fages avis.

ABAILARD.

Votre parti, Madame, étoit déja tout pris,
Vous pouvez fuivre votre idée.

ELOISE.

C'eft le comble de vos fouhaits.
Et je romprois tous vos projets,
Si pour cet autre himen j'étois moins décidée.

ABAILARD.

Eh bien, foit. Ne nous gênons pas.

Mon cœur doit aujourd'hui se regler sur le vôtre.
Ah ! je chériffois trop un nœud si plein d'appas !
J'aurois vêcu pour vous, je vivrai pour une autre,
Et pour vous imiter, je ferai cet effort.
Il m'en coûtera cher , je le sçais , & ma mort . . .
Mais n'importe, Madame, il faut vous satisfaire.

ELOISE.

Lui ! sa mort ! arrêtez. Respectez ma misere.
Je veux que vous viviez.

ABAILARD.

Ces soins font superflus.
C'est vouloir mon trépas que de ne m'aimer plus.

ELOISE.

Abailard, vous suis-je encor chere ?

ABAILARD.

Si vous l'êtes ! peut-on cesser de vous aimer !
J'en atteste vos yeux , mes craintes inquietes,
Et ces jaloux transports qui viennent m'allarmer.

ELOISE.

Pourquoi donc m'accabler, ingrat , comme vous
faites ?
Contre les coups d'un destin ennemi
Que ne rassûrez-vous ma constance étonnée !
Vous êtes mon bonheur, ma gloire, mon appui ;
Verrez-vous une infortunée,
Aux pleurs, au desespoir , à la mort condamnée ,
Sans adoucir les maux que j'éprouve aujourd'hui ?
Je n'examine point si vous m'avez trahie.
Mais si vous m'aimâtes jamais,
Rompez l'himen affreux dont je vois les aprêts ,
Et vous disposerez ensuite de ma vie.

ABAILARD.

Je vais vous obéir au gré de vos desirs

Mais pouvez-vous penser qu'à vous seule soumise,
Mon ame porte ailleurs ses feux & ses soupirs :
J'adore, & je ne veux adorer qu'Eloïse.

ELOISE.

Pourquoi donc me cacher l'amour de la Marquise?

ABAILARD.

Ah ! cessez de me condamner.
Je devois, Eloïse, en l'état où vous êtes,
Vous épargner ces soins, ces peines inquiètes,
Où votre cœur pouvoit s'abandonner.
Je ne connois que trop votre délicatesse.
Par un recit cruel j'ai craint d'empoisonner
Ces plaisirs purs, ces doux momens d'yvresse,
Que l'amour, par vos mains, s'empresse à me
donner.
Quelle crainte plus légitime !
C'est l'amour qui fait tout mon crime.
En sa faveur daignez me pardonner.

ELOISE.

Cruel, mais cher amant, que de mon cœur sen-
sible
Vous connoissez bien les chemins !
Vous m'opposez toujours une force invincible ;
Et vos triomphes font certains.
Soyez donc de ce cœur le souverain arbître.
Reglez tous ses desirs, je vous le livre. Hélas !
Il est à vous à plus d'un titre.
Disposez-en, mais n'en abusez pas.

ABAILARD.

Reposez-vous sur ce cœur qui vous aime.
Ne perdons point de tems en ce péril extrême.
Tout délai peut-être fatal.
Allons sçavoir si cet heureux Rival,

A qui déja votre oncle a donné ſon ſuffrage,
Sur mon amour doit avoir l'avantage;
Et ſi Fulber prétendra me ravir
Le ſeul bien....

ELOISE.

Croyez-vous qu'à ſon ordre barbare.
Jamais je puiſſe conſentir ?
Non. Avant que de vous le cruel me ſépare,
Cher Abailard, vous me verrez mourir.

Fin du ſecond Acte.

ACTE III.

SCENE PREMIERE.

LE COMTE, FULBERT.

FULBERT.

Monsieur, vous avez vû ma Niéce.
Qu'en penſez-vous ?

LE COMTE.

Je la trouve aſſez bien.
Elle a de la beauté, mais ſans délicateſſe ;
Des agrémens, mais ſans fineſſe,
Et franchement ſes yeux ne diſent preſque rien.
Elle plaira pourtant, quand elle ſçaura plaire,
L'air de la cour la polira.

FULBERT.

Lui trouvez-vous quelque eſprit ?

LE COMTE.

Elle en a.
J'entens de cet eſprit dont on ne ſçait que faire,
De cet eſprit de pure opinion.
Mais à propos, quel eſt ce viſage équivoque,
Cet homme que je vois hanter votre maiſon ?

FULBERT.

C'eſt un Sçavant fameux.

LE COMTE.

Sa figure me choque.*

* Notez qu'Abailard était
auſſi beau et bienfait, qu'il était ſava[nt.] Voiez
Bayle, art. Ab...

FULBERT.

Tout Paris en fait cas, & c'est avec raison.

LE COMTE.

Vous croyez donc qu'un sçavant est un homme...

FULBERT.

Très - estimable.

LE COMTE.

Passe.

FULBERT.

Et très-estimé.

LE COMTE.

Non.
Il n'a d'imposant que le nom.
Au fond c'est un mortel qui d'abord nous assomme,
Qui dans un cercle & fatigue & déplaît.
Qu'on critique souvent, & même avec justice,
Que quelquefois on loüera par caprice,
Par orgueil, ou par intérêt.
Qui frondant tout, s'aime seul, & se prise.
Qui dans le coin poudreux d'un triste cabinet,
Altérant sa santé, lit, compose, s'épuise,
Pour donner au public, après bien du tracas,
Un livre que peut-être il n'approuvera pas.

FULBERT.

Ce n'est point là le caractere
Du sçavant dont je parle. Il est tout au contraire
Poli, doux, sans être affecté ;
Rien qui sente chez lui le pesant, l'entêté,
Un bel-esprit enfin.

LE COMTE.

La gloire en est petite,
Il n'est Rimeur ultramontain,
Il n'est Pédant, mince écrivain,
Qui n'usurpe ce nom. L'homme d'un vrai mérite
N'en prend aucun, mais il attend

Que le public lui-même le lui donne.
Quelle figure maintenant
Croit-on que fait un bel esprit ?

FULBERT.

Très - bonne.

LE COMTE.

C'est une erreur. Que de soins, de travaux
Et pour percer la foule, & se faire connoître !
Il faut à tout moment combattre des rivaux,
Franchir mille obstacles nouveaux
Que sous nos pas sans cesse l'on fait naître;
Négliger sa fortune, immoler son repos,
Avoir des complaisans à gage
Pour applaudir jusques à nos défauts.
— S'armer de force & de courage
Contre les ignorans, les sots, les envieux,
Pour assûrer le succès d'un ouvrage.
Toujours trembler pour lui, toujours luter con-
tr'eux.
Jouer toute sa vie un si sot personnage.
Finir enfin par être gueux,
Et ne laisser pour héritage
A des enfans tristes & malheureux
Qu'un peu de gloire, un livre, & son nom en
partage.

FULBERT.

Voilà l'ordinaire destin
Des esprits du commun, j'en conviens. Mais enfin
Celui dont il s'agit n'est point tel.

LE COMTE.

On le nomme ?

FULBERT.

Abailard.

LE COMTE.

Ah j'entens ! Il est assez gentil.

FULBERT.
Vous appellez ainfi le plus excellent homme !
LE COMTE.
On m'en parloit un jour, il n'a que du babil.
Et dans cette maifon, s'il vous plaît, que fait-il ?
FULBERT.
Il inftruit Eloife, & verfe dans fon ame
Ces fublimes clartés ..... Vous riez ?
LE COMTE.
Une femme,
Dont tout le mérite & l'emploi
Doit être la toilette, ou la coquetterie,
Apprend la rhétorique & la philofophie !
La chofe eft plaifante, & je croi
Qu'elle mérite qu'on en rie.

FULBERT.
Quoi, Monfieur, vous voulez....

LE COMTE.
Oui. Le bien commun veut,
Et la raifon auffi, qu'une femme accomplie
Ignore tout, fi la chofe fe peut.
Trop d'efprit la rend fotte, indocile, impolie ;
Nous y perdons, elle n'y gagne rien.
Eftropier les mots, dire des bagatelles,
Répondre de travers à ce que l'on fçait bien ;
Mais poffeder à fonds le ftile des ruelles ;
Employer avec art les mines, le coup d'œil,
Sçavoir quitter, reprendre fon fauteüil,
Se placer dans fon jour, inventer une mode,
N'importe qu'elle foit ridicule, incommode,
C'eft du neuf il fuffit, & le neuf prend toujours!
Voilà les vrais talens des femmes de nos jours.
Mais j'apperçois Madame la Marquife.
Votre Niéce la fuit.

SCENE II.

LE COMTE, FULBERT, LA MARQUISE, ELOISE.

FULBERT.

Approchez, Eloïse.
Je vous aimai toujours, vous ne l'ignorez pas.
Votre pere étoit mort avant que la lumiere
 Ouvrît vos yeux, & conduisît vos pas,
Et vous avez appris qu'à votre tendre mere
 Votre naissance a donné le trépas.
Mes soins, depuis ce tems, vous tiennent lieu de
 pere.
J'ai mis à vous former mes plaisirs les plus doux.
Je veux par un illustre & tendre mariage
 Couronner mon heureux ouvrage.

LE COMTE.

Oui, Madame, & c'est moi qui serai votre époux.
On le veut, & j'attens de votre complaisance
Que par une sincere & prompte obéïssance
Vous répondrez aux soins qu'on veut prendre
 pour vous,....
 Vous vous taisez ! ma surprise est extrême !
Peut-être j'avois trop présumé de moi-même,
Et vous m'ouvrez les yeux sur le peu que je vaux.

FULBERT.

Elle sent tout l'honneur que vous voulez lui faire.
Et bientôt vous verrez que son cœur....

LE COMTE.

 Je l'espere.

Mais enfin on doit dire aux gens deux ou trois mots.
FULBERT.
Apparemment la modeſtie....
LE COMTE.
Souvent cette vertu dans le ſexe applaudie,
 N'eſt que l'art de diſſimuler,
 Ou bien un voile au manque de génie.
De quelque nom pourtant qu'on veuille l'appeller,
Elle ne défend pas aux Dames de parler.
 C'eſt mon avis. Demandez à Madame.
LA MARQUISE.
Oui. Monſieur a raiſon. Je ſoûtiens qu'une femme
Doit toujours, bien ou mal, parler & caqueter.
 Le jeu, la parure, les modes
Offrent à nos diſcours des reſſources commodes.
Manquent-elles enfin : on n'a qu'à ſe jetter
 Tout-à-coup dans la médiſance,
Et dire du prochain tout le mal qu'on en penſe.
Le fonds eſt riche, ſûr, fecond en beaux portraits,
Amuſant, & ſur-tout ne tariſſant jamais.
LE COMTE.
Oh! c'eſt là que je brille, & qu'avec éloquence
 Je fais la guerre à tout le genre humain.
ELOISE.
L'heureux talent !
LE COMTE.
 Ah ! vous parlez enfin !
ELOISE.
Vous y gagnez, Monſieur, que l'on ſçache ſe taire.
Et la diſcretion ne doit pas vous déplaire.
LE COMTE.
 Courage, appuyez comme il faut.
Aiguiſez tous vos traits, je ne ſaurai m'en plaindre.
J'en ferai même gloire, & le dirai tout haut.
 Votre ſexe eſt bien moins à craindre,

Quand il tonne sur nous, que quand il ne dit mot.
ELOISE.
Il faut donc garder le silence.
Vous venez de me desarmer.
LE COMTE.
Ah ! vous prétendez m'allarmer.
On n'y réussit pas aisément, comme on pense.
Je suis inacessible à la mauvaise humeur.
Car qu'une femme gronde, ou bien qu'elle se taise,
Ce qui vient de sa part n'a rien qui ne me plaise.
J'explique tout en ma faveur.
ELOISE.
La précaution est prudente.
On s'épargne par là bien du désagrément.
LE COMTE.
Vous vous trompez. D'un trait piquant
L'homme d'un bon esprit jamais ne s'épouvante.
Et c'est à la charge d'autant:
Vous n'avez vos défauts, & nous n'avons les nôtres,
Que pour nous en moquer & les uns & les autres.
LA MARQUISE.
Au fonds rien n'est plus amusant/,
Et ces jeux à l'esprit donnent libre carriere.
ELOISE.
Eh, Madame ! il vaudroit bien mieux
Tirer sur ces défauts un voile officieux,
Y compatir, les plaindre & s'en défaire.
LE COMTE.
N'ajoutons point un poids à l'humaine misere.
Le monde ne seroit alors qu'un triste amas
De gens toujours gênés, & toujours dans la
    plainte,
Timides dans leurs vœux, mesurés dans leurs pas,
Ennemis des plaisirs, esclaves de la crainte. *
Il vaudroit mieux mille fois n'être pas,

* Voiez les mœurs des premiers chrétiens, de
Fleuri, et l'histoire du balai neuf, qui en est
une parodie très maligne, mais très sensée, en ce

Que d'être ainſi toujours dans la contrainte.

LA MARQUISE.

Je ſuis de cet avis.

ELOISE.

Il flatte notre cœur.
Et le cœur eſt pour nous la ſource du malheur.
S'il eſt reglé, je conſens qu'on le ſuive.

LE COMTE.

Mais, Madame, il faut que je vive.
A ſuivre le torrent quel grand mal commet-on ?
Souffrez que de mes goûts je vous trace un crayon.
Vous jugerez par ma vie uniforme,
Si chez moi j'ai beſoin d'admettre la reforme.
Je ſuis homme d'honneur, j'ai de l'ambition.
J'aime aſſez le plaiſir, le jeu, la compagnie.
Je me trouve partout, au bal, à l'opera,
Quelquefois à la comédie,
Où cependant je bâille & je m'ennuïe,
Mais c'eſt l'uſage, & l'on y va.
Je me pique d'avoir un équipage leſte,
D'être exceſſif dans ma dépenſe. Au reſte,
Courtiſan aſſidu ; quelquefois bon ami,
Quand l'intérêt peut le permettre,
Vif ſur le point d'honneur, libertin à demi,
Ne ſçachant point flatter, mais endurant de l'être.
Peu prevenu du mérite d'autrui,
C'eſt le bon air ; pour moi plein d'un amour ex-
trême,
C'eſt la raiſon, car il faut que l'on s'aime.
Je pourrois ajouter auſſi ....
Mais ce portrait en racourci
Me ſuffit. Décidez, & jugez moi vous-même.

ELOISE.

Vous êtes un homme accompli.

LE.

LE COMTE.

Avec tout ce mérite enfin je me marie.
C'eſt un effort de vertu ſingulier,
C'eſt un prodige dans la vie,
Fait comme je le ſuis, que de me marier.

LA MARQUISE *à part.*

Il eſt charmant avec cette ſaillie.
Je crois que de l'aimer je ferois la folie.

LE COMTE *à Eloïſe.*

Oui. Voilà le ſujet qui m'amene en ces lieux.
Vous m'avez plu, malgré vous-même.
Si vous m'aimez autant que je vous aime,
Je vous offre ma main, & mon cœur & mes vœux.

LA MARQUISE *à part.*

Fi ! cela gâte tout.

LE COMTE.

Adieu.

✤✤✤✤✤✤✤✤✤✤✤ † ✤✤✤✤✤✤✤✤✤✤✤

SCENE III.

FULBERT, LA MARQUISE, ELOISE.

ELOISE.

QUELLE arrogance !

FULBERT.

Son naturel, ma niéce, peut changer.
D'ailleurs, il faut le ménager.
Ses emplois & ſur-tout ſon illuſtre naiſſance,
Méritent des égards qu'il a droit d'exiger.
Il n'eſt plus tems que l'on balance.
Préparez-vous, mais ſérieuſement,

G

De donner à ces nœuds votre confentement ,
Et ne me forcez pas d'ufer de ma puiffance.

SCENE IV.

LA MARQUISE, ELOISE.

ELOISE.

ET voilà donc l'époux qui recevra ma main.
LA MARQUISE.
Oui. Le voilà.
ELOISE.
Que je fuis malheureufe !
LA MARQUISE.
Vous m'étonnez. Le Comte eft un homme divin.
D'un amant tel que lui la conquête eft flatteufe.
ELOISE.
C'eft un vrai fat.
LA MARQUISE.
Mais ce fat eft bien fait
ELOISE.
Oui. Le Comte feroit une femme agréable ,
Mais c'eft un homme, à mon avis bien laid.
C'eft par les fentimens que fon fexe nous plaît ,
Le nôtre plaît au fien , parce qu'il eft aimable.
LA MARQUISE.
Si vous le refufez, quelque autre le prendra.
ELOISE.
Je le céde à qui le voudra.
LA MARQUISE.
Non. Non. C'eft votre bien , ma niéce.
ELOISE.
Ah ! j'y renonce , & vous le laiffe.

LA MARQUISE.
On a dequoi l'engager au befoin,
Si l'on vouloit prendre ce foin.

ELOISE.
Oüi. Si pour Abailard vous n'étiez prévenue.

LA MARQUISE.
Pour Abailard ! ceffez de croire que mon cœur
Ait jamais reffenti pour lui la moindre ardeur.
Je ne veux plus qu'il paroiffe à ma vûe.

ELOISE.
Vous l'avez tant aimé.

LA MARQUISE.
Lui ! quelle fauffeté !
Il eft vrai que partout il s'en étoit vanté.
Mais il n'en étoit rien. Je ferois infenfée
D'en avoir eu feulement la penfée.

ELOISE.
Tantôt vous en parliez fur un autre ton.
Et . . . .

LA MARQUISE.
Tantôt j'avois tort, maintenant j'ai raifon.
Croyez ce dernier mot. Je fuis vraie & fincere.
Abailard a très-fort l'honneur de me déplaire.
Il n'eft, au pis aller, digne que de pitié.

ELOISE.
Comment donc !

LA MARQUISE.
Il eft marié.

ELOISE à part.
Ciel !

LA MARQUISE.
Obfervez-le bien. Il a toute l'allure
D'un mari très-honteux & très-humilié.
Qu'en dites-vous ?

ELOISE.
Mais .... Oui.

LA MARQUISE.
Je conjecture
Qu'il n'eft pas fort content de fa chere moitié.
Tout me le dit , & même je fuis fûre
Que l'Epoufe , à fon tour , ne l'eft pas trop de lui.
Je ne vois des deux parts que dégoût & qu'ennui.
Cela divertit fort , convenez-en , ma niéce.

ELOISE *fe contraignant.*
Sans doute.

LA MARQUISE.
Mais c'eft fa faute.
Pourquoi fe preffoit-il ? Il peut , tout à loifir ,
En enrager , s'il veut. Moi je vais l'en punir ,
Offrir ma main au Comte , & rire de fa peine.

SCENE V.

ELOISE *feule.*

CIEL ! Abailard eft marié !
Quoi ! jufques-là l'ingrat s'eft oublié !
Malheureufe ! .... rompons une funefte chaîne...
Hélas ! dans l'état où je fuis ,
Sans doute je le dois. .... Sçais-je fi je le puis !
D'une coupable ardeur j'étois donc la victime !
Quand fa bouche atteftoit & la terre & les cieux ,
C'étoit donc pour couvrir de ce voile pieux
Un feu que je crus légitime !
Pour creufer fous mes pas un précipice affreux ,
Et rendre mon amour complice de fon crime !
J'en mourrai de douleur.

SCENE VI.

ELOISE, NERINE.

ELOISE *continue.*

AH Nerine ! sçais-tu
Ce que je viens d'apprendre en mon malheur ex-
   trême ?
Cet homme , qui passoit pour la sagesse même ,
Qu'on croyoit plein de foi , d'honneur & de vertu,
   Abailard enfin m'a trahie.

NERINE.

Et comment ?

ELOISE.

  Je l'aimois , & l'ingrat , chaque jour ,
Me juroit un ardeur égale à mon amour.
Je le crus , & j'ai fait le malheur de ma vie.
Mon cœur d'un nœud secret à son cœur s'est lié,
Et j'apprends aujourd'hui qu'il étoit marié.

NERINE.

Vous me faites trembler , Madame !

ELOISE.

Nerine , je veux bien m'en fier à ta foi.
Mon funeste secret n'est connu que de toi.
A ta sincerité j'ai découvert mon ame.
Mes malheurs sont affreux. Prens pitié de mon sort.
   Tu vois le piége où je suis engagée ,
   Tu vois l'abime où l'amour ma plongée ,
Il faut m'en retirer , ou me donner la mort.

NERINE.

Vous n'avez qu'à parler , vous serez obéie.

ELOISE.

Allons. Je veux avec éclat
Me féparer de cet ingrat.
Je veux lui reprocher fa noire perfidie.
Il verra mes douleurs, mes larmes, mon ennui,
Et les remords d'un cœur qui ne vit plus pour lui.

NERINE.

Non. Il faut le punir en époufant le Comte.
Par là vous vous vengez d'un lâche qui vous perd,
   Vous prévenez le courroux de Fulbert,
   Et vous reparez votre honte.
Mais hâtez-vous. Il faut une vengeance prompte.

ELOISE.

Je fçais qu'à mon devoir je dois tout implorer.
Que la raifon le veut, que l'honneur me l'infpire,
Mais au fonds de mon cœur fi tes yeux pouvoient
   lire,
   Mon état te feroit trembler.
Un amour malheureux fans ceffe me confume.
Le devoir le combat, la paffion l'allume.
La honte, le dépit m'affiégent tour à tour.
Je féche dans l'ennui, je vis dans l'amertume,
Et je fens tous les maux que fait fentir l'amour.

NERINE.

   Madame armez-vous de courage;
Et fi ce n'eft par choix, mariez-vous de rage.
   Le goût viendra peut-être quelque jour.

ELOISE.

Eh bien n'écoutons plus un aveugle caprice.
Je romps l'indigne nœud dont mon cœur eft lié,
Et vais.... Eft-il bien vrai qu'Abailard me tra-
   hiffe?
    Ah! s'il n'étoit point marié!...
Mais la Marquife enfin m'a confirmé fa honte.
Sans doute ce rapport lui vient de bonne part.

Je fais qu'elle aimoit **Abailard**,
Elle veut cependant offrir fa main au Comte.

NERINE.

Preuve complette. A quoi bon balancer ?
Son hymen & fa perfidie,
Fulbert que vos refus commencent de laffer,
Votre repos enfin, tout vous convie
A l'oublier.

ELOISE.

Allons. Il n'y faut plus penfer.
A tes confeils je m'abandonne.
Difpofe de ma foi, difpofe de mon cœur.
J'obéis. Il n'eft rien deformais qui m'étonne,
Et je fuis parvenue au comble du malheur.

elles fortent.

SCENE VII.

FULBERT, ABAILARD.

FULBERT.

MONSIEUR, je donne enfin un époux à ma
Niéce.
Le haut rang, les biens, la nobleffe,
Se trouvent en celui que j'ai fçu lui choifir.
Je ne fçais cependant par quelle répugnance,
Ma niéce à cet hymen ne veut point confentir.
Il eft plus d'un moyen de me faire obéir.
Mais avant que d'ufer d'aucune violence,
Je veux employer la douceur.
Je fçais que vous avez, Monfieur,

Sur son esprit une entiére puissance.
Voyez la, parlez-lui. Vous toucherez son cœur.

ABAILARD.

Qui ! moi, Monsieur ?

FULBERT.

Oui. Vous.

ABAILARD.

Peut-être votre niéce
Ne sent pour cet époux, estime ni tendresse.

FULBERT.

N'importe.

ABAILARD.

Voulez-vous forcer son naturel ?
Et l'engager dans un état cruel
Qui feroit son malheur peut-être & son supplice ?

FULBERT.

J'ai donné ma parole.

ABAILARD.

Au prix de son repos,
Devez-vous la tenir ? Dans quel gouffre de maux
Va la plonger votre injustice ?

FULBERT.

N'y pensons plus. Il faut qu'elle obéisse,
Et dès ce soir.

ABAILARD.

Non, Monsieur, croyez-moi.
Daignez me dispenser d'un si fâcheux emploi.
Je m'en acquiterois sont mal, je vous assûre.

FULBERT.

De grâce ! je vous en conjure.
Agissez avec moi, veuillez me seconder.
Et ! qui sçait mieux que vous l'art de persuader?

ABAILARD.

Mais si par hasard Eloise
D'un autre objet étoit éprise,

Voudriez-

Voudriez-vous alors, Monsieur....
FULBERT.
Et qui vous a dit que son cœur....
ABAILARD.
Je n'en sçais rien, mais la chose peut être.
FULBERT.
Vous auroit-elle fait connoître....
ABAILARD.
Non. Supposons pourtant....
FULBERT.

                      La supposition
Me plaît assez. Sur quoi fondez-vous....
ABAILARD.

                           Pure idée.
Mais si de quelque amour elle étoit possedee ?
FULBERT.
—Il faudroit, s'il lui plaît, qu'elle changeât de ton.
ABAILARD.
On n'aime point au gré des autres.
Eloïse a des droits indépendans des vôtres.
FULBERT.
Ah ! nous verrons.
ABAILARD.

                    Si malgré mes avis,
Elle refuse de se rendre,
Que ferez-vous ?
FULBERT.

                       Ah ! j'en frémis !
Dans mon juste courroux je puis tout entre-
prendre.

SCENE VIII.

ABAILARD *seul.*

QUAI-JE entendu ! quel funeste embarras !
On veut que je travaille à me trahir moi-même,
Que renonçant à ce que j'aime,
Je signe de ma main l'arrêt de mon trépas.
Ce dernier trait manquoit à ma misere.
Eprouva-t'on jamais un destin plus contraire !
Quel triste enchaînement, ô ciel !
De disgraces qui se succedent !
Les plus fermes courages cédent
Aux horreurs d'un sort si cruel.
J'ai tout perdu dès ma plus tendre enfance,
Fortune, parens, espérance.
Un seul bien me restoit plus cher à mon amour,
Plus digne de mes vœux, & plus digne d'envie.
Un barbare destin me l'arrache en ce jour.
Chere Eloïse, hélas ! quand vous m'êtes ravie,
Mon bonheur, mon repos, le charme de ma vie,
Tout m'est ôté ! sans vous, cet univers n'est rien,
Et du jour à regret la lumiere m'éclaire.
Essayons toutes fois si par quelque moyen
Je pourrois de Fulbert adoucir la colere,
Et d'un rival qu'on me préfére
Tromper l'espoir & couronner le mien.

Fin du troisiéme Acte.

ACTE IV.

SCENE PREMIERE.

FULBERT *seul.*

ABAILARD tarde bien à venir me parler !
   J'augure mal de sa pareffe.
    Sans doute il aura vu ma niéce,
Et fes raifons n'auront pu l'ébranler.
   Pour agir j'attens fa réponfe....
Mais quel eft ce foupçon qui me vient accabler,
Ce foupçon que mon cœur en ce moment m'an-
   nonce,
    Et qu'il fçait fi mal déméler.
    Ciel qui m'entens ! diffipe cette crainte.
J'ai cru lire tantôt dans les yeux d'Abailard
Que d'un ennui fecret fon ame étoit atteinte.
Des foupirs lui font même échappés au hafard.
Et quand je le priois de convaincre Eloïfe,
Et de la ramener, à force de leçons,
    A cet hymen qu'elle méprife,
N'a-t'il pas avec feu combattu mes raifons ?
Non. La fimple amitié, modefte dans fon ftile,
Parle, agit, éxécute, & paroît plus tranquille.
    Il faut éclaircir ces foupçons.
Confultons la marquife, interrogeons Nerine.

H ij

Malheur à lui, si ses coupables feux,
D'une niéce que j'aime avançant la ruine,
L'avoient conduite au piége où l'attendoient ses
vœux !

SCENE II.

FULBERT, ELOISE, NERINE.

NERINE *à Eloïse dans le fonds du théatre.*

VOILA Fulbert. Remettez-vous, Madame,
Et prenez une fois un parti de vigueur.
Songez qu'à vous venger il y va de l'honneur,
Que l'on vous a trahie, & que vous êtes femme.

ELOISE.

Ah, Nerine ! je sens tout mon sang se troubler.
Juste ciel ! soûtiens ma foiblesse.

NERINE.

Eloïse, Monsieur, demande à vous parler.

FULBERT.

Que me veut-elle ?

NERINE.

Adieu, Madame. Je vous laisse.
Vous ne pouvez plus reculer. *elle sort.*

SCENE III.

FULBERT, ELOISE.

FULBERT.

ELoïse, approchez. Qu'avez-vous à me dire ?

ELOISE.

Monsieur....

FULBERT.

C'est me laisser trop long-tems incertain.
De vos vrais sentimens il faut enfin m'instruire.

ELOISE.

Eh bien.

FULBERT.

Quoi ?

ELOISE.

Vous pouvez disposer de ma main.

FULBERT.

Que ce retour me comble d'allegresse !
Et que vous m'épargnez de cruelles douleurs !
Vous m'en voyez verser des pleurs,
Mais ce sont des pleurs de tendresse.

SCENE IV.

FULBERT, ELOISE, ABAILARD.

FULBERT *voyant Abailard, court à lui &*
l'embrasse.

ABailard, quel homme êtes-vous !
On ne tient point contre votre éloquence.

Si cet hymen me flatte, il m'eſt encor plus doux
De tenir ce bienfait de votre complaiſance.

ABAILARD.

Comment ?

FULBERT.

Je ſçavois bien, Monſieur, que votre voix
Auroit ſur ſon eſprit une force abſolue.
A mes intentions ma Niéce s'eſt rendue,
Et c'eſt à vous que je le dois.
Elle épouſe enfin . . . .

ABAILARD.

Qui ?

FULBERT.

La demande eſt plaiſante !

Le Comte.

ABAILARD.

Lui !

FULBERT.

Lui-même. Oui. La choſe eſt conſtante.

ABAILARD.

Vous vous mariez donc ?

ELOISE *avec dépit.*

Oui.

ABAILARD *à part à Eloïſe.*

Mais que deviendra
Un amant . . . .

ELOISE *ſur le même ton.*

Tout ce qu'il voudra.

ABAILARD *à part à Eloïſe.*

Ah perfide ! eſt-ce ainſi . . . .

FULBERT *à Abailard.*

Dans le fonds de votre ame
N'en reſſentez-vous pas un extrême plaiſir ?

ABAILARD *ſe contraignant, & montrant quelque joye.*

Ah ! (*à part.*) j'enrage.

FULBERT.

Après tout, pouvions-nous mieux choisir ?
Eloïse sera la plus heureuse femme.
Qu'en dites-vous ?

ABAILARD.

Mais.... très-certainement.

FULBERT.

J'aime à vous voir entrer dans notre sentiment,
Témoignez donc par votre joye,
Qu'en effet votre cœur prend part
Aux biens que le ciel nous envoye.

ABAILARD *affectant un air satisfait.*

J'y suis sensible, & pour parler sans fard....
à part.
C'en est trop, & j'éprouve un horrible supplice.

FULBERT.

Votre Apollon fera sans doute son office
Pour chanter cet hymen prochain.
Et nous verrons sortir de votre main
Quelque ouvrage nouveau. Sera-ce vers, ou prose ?

ABAILARD.

Pardonnez-moi. Jamais je ne compose.

FULBERT.

Vous vous en défendez envain.
Venez, ma niéce.

ELOISE.

Allons. Je suis prête à vous suivre.

ABAILARD *à part à Eloïse.*

Ingrate ! sont-ce là vos sermens redoublés ?
A mon malheur je ne pourrai survivre.

ELOISE *bas à Abailard.*

Perfide ! je ne fais que ce que vous voulez.

FULBERT.

Pourquoi tant de cérémonie,
Et ces discours à demi mot ?

ABAILARD *embaraffé.*
Je lui difois.... de finir au plutôt.
Elle brûle qu'on la marie.

ELOISE *à part.*

Ah ! fi je n'écoutois que mon reffentiment ! ....
à Fulbert avec dépit.
Sortons, Monfieur. Ma main eft toute prête.

FULBERT.

Monfieur, jufqu'au revoir. On vous prie à la fête.

SCENE V.

ABAILARD, *feul.*

Je ne puis revenir de mon étonnement.
La fortune, toujours contre moi conjurée,
Par ce funefte évenement,
Vient de mettre le comble à mon accablement.
Aprés une amitié fi faintement jurée,
Cette amante tant adorée,
Cet objet que j'aimois cent fois plus que le jour,
M'abandonne, m'oublie, & trahit mon amour !
Voilà l'efprit, voilà le caractére
De ce fexe perfide, & pourtant enchanteur.
Eloïfe elle-même, Eloïfe préfére
Au plus tendre des cœurs l'éclat de la grandeur.
Eloïfe ! faut-il qu'un charme feducteur
M'enchaîne encore à cette ame infidelle !
Que dis-je ! mon amour s'accroît par mon malheur,
Et moins je fuis aimé, plus je brûle pour elle.

SCENE

SCENE VI.

LE COMTE, ABAILARD.

LE COMTE.

JE vous dois un remercîment.
Voulez-vous l'agréer ?

ABAILARD.

Je ne sçais pas comment ....

LE COMTE.

On m'a dit qu'Eloïse, à vos leçons docile,
Sur ses vrais intérêts avoit ouvert les yeux,
Que vous l'aviez rendue & traitable & docile.

ABAILARD.

Monsieur ....

LE COMTE.

Je dois beaucoup à vos soins généreux.

ABAILARD.

Monsieur point du tout. Eloïse
Ne m'a pas consulté dans cette occasion,
Ne m'en ayez nulle obligation.

LE COMTE.

Seriez-vous de ces gens dont l'orgueil se déguise ?
Qui cachent un bienfait par ostentation.

ABAILARD.

J'abandonne cette manie
A ceux qui de leurs biens, de leur rang, de leur
nom
Se vantent en tout lieu par pure modestie.

LE COMTE.

Ce discours est mortifiant.
A qui prétendez-vous l'adresser ?

I

ABAILARD.

A perſonne.

LE COMTE.

Je n'approfondis rien, cependant je ſoupçonne...

ABAILARD.

Je ne vous croyois pas, Monſieur, ſi méfiant.
Jugez mieux du reſpect que votre rang m'inſpire.
C'eſt vous, puiſqu'il faut vous le dire,
Qui m'inſultez en me remerciant.

LE COMTE.

Mon eſtime au contraire eſt pour vous ſans pa-
reille.
Et vous pouvez compter ſur mon crédit.
Je ſuis bien à la Cour, du Prince j'ai l'oreille ;
Je parlerai pour vous.

ABAILARD.

Mon état me ſuffit.

LE COMTE.

Que dites-vous ? votre état ! il aſſomme.
Entre nous, il n'eſt point trop brillant en effet.

ABAILARD.

Je n'en connois aucun de vil pour l'honnêt'homme.
Il annoblit tout ce qu'il fait.

LE COMTE.

Mais dites-moi, Monſieur, je vous en prie,
A quoi tend tout votre ſçavoir ?
Que faites-vous de la philoſophie ?

ABAILARD.

Elle m'enſeigne mon devoir :
Elle m'apprend ſur-tout à n'offenſer perſonne,
A mettre la ſageſſe au rang des plus grands biens.

LE COMTE.

La ſageſſe ! & moi je ſoutiens
Qu'à fort peu de choſe elle eſt bonne.
La ſageſſe effarouche, & bannit le plaiſir ;

Elle interdit jufqu'au defir ƒ:
L'homme eft fait pour le badinage.
Elle gêne l'efprit, & captive le cœur,
Peut-on chez foi fouffrir cet efclavage ?
Elle répand, par fa rigueur,
Sur l'air, les geftes, le vifage,
Je ne fçais quoi de rude, de fauvage,
Une infupportable langueur ƒ:
On a tort, à ce prix, de vouloir être fage.

ABAILARD.

La fageffe eft une vertu :
Et vous me dépeignez un vice revêtu
De fes dehors. C'eft la mifantropie.

LE COMTE.

L'une conduit à l'autre, & c'eft double folie.
Croyez-moi, quittez ce féjour,
Et laiffez aux pédans votre philofophie. —
Je veux vous mener à la Cour.
C'eft-là que les talens brillent dans tout leur jour.
C'eft dans cet abregé du monde
Qu'on fe polit, & qu'on fe fait valoir.
C'eft-là qu'eft le bon goût, l'air fin, le vrai fçavoir.
Ailleurs, c'eft petiteffe, ignorance profonde,
Rien d'exquis, rien de recherché.
J'y vois l'homme fans ceffe en lui-même caché. —
La Cour le développe. Elle feule façonne
Le cœur, orne l'efprit, embellit les dehors,
Prête certaine grâce au corps.
Les manieres, le ton, c'eft elle qui les donne.
Venez-y. Vos talens, & fur-tout mon crédit
Pourront vous mener loin.

ABAILARD.

Je vous l'ai déja dit;
Je fuis content de mon fort.

LE COMTE.

Quelle vie ?!
Si vous aviez tâté du courtisan,
A son destin vous porteriez envie !

ABAILARD.

Vous en parlez comme son partisan.
Oui. Son état est noble, il est digne d'estime,
S'il en remplit bien le devoir ;
S'il sçait uler de son pouvoir
Pour secourir la vertu qu'on opprime ;
Si le bien de l'état fait sa suprême loi ;
S'il s'attache au Prince, & s'il l'aime,
Moins pour sa dignité, qu'à cause de lui-même.
Mais n'être à la Cour que pour soi,
Que pour songer à sa fortune,
Pour grossir ses trésors de sa perte commune,
Pour trahir, pour donner & reprendre sa foi,
Pour offrir à son Prince une vie importune,
Et publier partout que l'on a vû le Roi ;
Pour braver qui nous sert, pour servir qui nous
brave,
C'est être en vérité moins courtisan qu'esclave.

LE COMTE.

La Cour est un pays qui vous est mal connu.
Que vous êtes simple, ingénu !
Ah ! vous n'êtes pas fait pour elle !
Je ne vous presse plus desormais d'y venir.
Ce seroit tems perdu. Vous devez vous tenir
Dans votre sphère naturelle,
Et philosopher à loisir.

* Quelle chicane de vie !

SCENE VII.

ABAILARD *seul.*

C'Est donc là cet amant à qui, sans en rougir
Eloïse me sacrifie !
O ciel, n'es-tu pas las encor de me frapper ?
Mais voici l'autre. Où fuir ! je ne puis échapper.
Et je vois bien qu'il faudra que j'essuie
Quelque scène de sa façon.

SCENE VIII.

LA MARQUISE, ABAILARD.

LA MARQUISE.

A Rrestez. Je prétends qu'on me fasse raison
D'un trait de noirceur inouie.
De quel front osez-vous en toute occasion
Contredire mes goûts, & me rompre en visière ?
Je vous faisois l'honneur, & cela par pitié,
De vous tirer de la misère,
Il faut, qu'à point nommé, vous soyez marié,
Le Comte, à qui j'étois sûre de plaire,
Par l'hymen à mon sort alloit être lié.
Contre moi tout à coup vous soulevez ma niéce.
Du Comte, objet constant de son inimitié,
Vous courez lui vanter l'hymen & la tendresse.
Vous la persuadez, elle va l'épouser,
Et vous me faites mépriser :
Bourreau ! voilà ton crime. Ai-je tort de me plain-
dre ?

ABAILARD.
Vous êtes dans l'erreur, Madame, je le voi.
  Il faut enfin ceffer de feindre.
Cet hymen, que l'on dit fe conclure par moi,
Eft de tous les malheurs le feul que je puis craindre.
J'adore votre niéce.

LA MARQUISE.
      Oh! le trait eft galant!
De grâce, reprimez cette ardeur qui vous preffe.
Vous avez une femme, & vous aimez ma niéce!

ABAILARD.
  Je ne fuis point marié.

LA MARQUISE.
      L'infolent!

ABAILARD.
Pardonnez à ma feinte, elle étoit néceffaire.
Je fens le prix du bien où j'étois refervé.
Et flatté de l'honneur que vous vouliez me faire,
  J'aurois voulu par un retour fincère....

LA MARQUISE à part.
  J'aurois voulu que tu fuffes crévé.

haut.
Vous m'avez donc trompée?

ABAILARD.
     Et voilà mon vrai crime.
Si cependant la plus parfaite eftime....

LA MARQUISE.
  Vous m'eftimez! c'eft être complaifant.
En vérité, je joue un rolle fort plaifant.
Jamais femme ne fut de la forte traitée.

ABAILARD.
  Eh Madame!

LA MARQUISE.
      Je fuis tentée.
D'aller trouver mon frere de ce pas,

Lui découvrir tout le myſtére,
Et le prier . . . .

ABAILARD.

Vous ne le ferez pas.
Votre bonté me répond du contraire.

LA MARQUISE.

Monſieur, ne vous y fiez point.
Je ſuis femme, & vindicative.

ABAILARD.

Je ſuis tranquille ſur ce point.

LA MARQUISE.

Je vous donne l'alternative.
Ou j'inſtruirai Fulbert, ou vous m'épouſerez.

ABAILARD.

Madame. . . . mais vous voulez rire. *ouf!*

LA MARQUISE.

Je ne ris point. Vous y refléchirez.

ABAILARD.

En ce cas vous pouvez voir Fulbert, & l'inſtruire.
C'eſt m'épargner la peine à moi de le lui dire.
Je ſçaurai prendre mon parti.

LA MARQUISE.

Et le mien eſt tout pris. Sois donc, bien averti
Qu'au Comte pour toujours Eloiſe engagée,
D'un époux que je perds va me dédommager.
Que j'y renonce exprès pour te faire enrager.
J'aime mieux mourir fille après m'être vengée,
Que d'être femme, & ne pas me venger.

SCENE IX.

ABAILARD *seul.*

JE ne devois rien moins attendre d'une fole.
    Elle va me tenir parole.
Je ne sçais que resoudre en cette extrémité.
Que je suis bien puni par tout ce que je souffre,
Des légéres douceurs dont l'appas m'a tenté !
Allons voir si je puis enfin sortir du gouffre
    Où l'amour ma précipité.

SCENE X.

ABAILARD , FRONTIN.

FRONTIN.

MONSIEUR....
ABAILARD.
Encore ! Ah ! je perds patience.
En ce jour il faudra, je croi ,
A l'univers entier que je donne audience.
Eh bien , que voulez-vous de moi ?
FRONTIN.
Pardonnez ....
ABAILARD.
    Oui. Je vous pardonne.
Venons au fait.
FRONTIN.
Toûjours pour votre cher Frontin
    Vous

Vous avez eu l'ame si bonne,
Que j'ose me flatter. . . .
                    ABAILARD.
                    O! finissons enfin.
Ça de quoi s'agit-il?
                    FRONTIN.
                    La Charmante, Nerine,
Que l'ardeur amoureuse apparemment lutine,
    Vient d'obtenir de Fulbert son tuteur
    Permission de prendre en tout honneur
    Pour son époux & son souverain maître,
    Votre soumis & fidéle valet,
Et qui fera toujours gloire de l'être.
                    ABAILARD.
Vous voulez épouser Nérine ?
                    FRONTIN.
                    Oui. S'il vous plaît !
    Elle m'aime, je suis son fait.
    Et moi je l'aime aussi, je pense.
Mais nous n'avons voulu rien faire en conscience,
    Sans demander votre consentement.
                    ABAILARD.
    Vous en agissez prudemment.
    Mais, dites-moi, quelle idée est la vôtre !
    Vous êtes pauvre, & Nérine n'a rien.
    Sans secours, sans talens, sans bien,
    Que deviendrez-vous l'un & l'autre ?
Vous donnerez la vie à des infortunés,
Qui, tristes héritiers du malheur de leur pere,
    Un jour peut-être, au sein de la misere,
    Détesteront l'instant qu'ils seront nés.
Laissez marier ceux qui sont dans l'opulence.
                    FRONTIN.
C'est justement faute d'autres douceurs,
Et parce qu'on n'est pas dans un état d'aisance,
                    K

— Qu'on cherche des plaisirs ailleurs.
On veut rendre sa vie un peu moins importune.
Les charmes de l'hymen, un tendre engagement,
Sont de la mauvaise fortune
Au moins un dédommagement.
Pour ces petites créatures
Qui pourront naître un jour, le terme est encor loin.
Je ne lis point dans les choses futures.
La providence en prendra soin.

ABAILARD.

Mon ami, croyez-moi. Restez ce que vous êtes.
Vous n'aurez pas sujet de vous en repentir.

FRONTIN.

Vous en parlez, Monsieur, tout à loisir.
Tout le monde ne peut vivre comme vous faites.
Chez vous on est exempt des folles passions.
Vous ne tenez en rien à la matiére :
Mais nous pauvres gens du vulgaire,
Ne sommes que foiblesse, & nous nous marions.

ABAILARD.

Soit. Mariez-vous donc. Ce sera votre affaire.

Fin du quatriéme Acte.

ACTE V.

SCENE PREMIERE.

ABAILARD, ELOISE.

ABAILARD.

ELOïSE, eſt-ce vous que je revois encore !
ELOISE.
Oui. C'eſt moi que vous ſoupçonnez ,
Et qui cependant vous adore.
ABAILARD.
Vous m'aimez, Eloïſe, & vous m'abandonnez !
ELOISE.
Plaignez-vous-en au ſort qui pourſuit l'un &
l'autre.
Vous accuſiez mon cœur , & j'accuſois le vôtre.
Quand j'ai pu conſentir à cet hymen fatal
Qui me livre à votre rival ,
J'ai cru que je devois par honneur , par juſtice ,
A mon amour faire ce ſacrifice.
La Marquiſe avoit dit que par l'hymen lié ,
Vous me trompiez , & trahiſſiez ma flamme.
ABAILARD.
Falloit-il l'en croire , Madame !
Que notre ſort eſt digne de pitié ,
Quoi ! ſans être mieux éclaircie ,

Avez-vous dû d'abord ajouter foi
A des difcours qui noirciffoient ma vie,
Et qui dépofoient contre moi ?
Avez-vous dû , cruelle . . . .

E L O I S E.

Epargnez-moi vos plaintes.
Oui. J'ai trop écouté mon dépit & mes craintes.
Mais que ne peut un cœur mortellement bleffé,
Un cœur qui fe croit offenfé
Par un endroit fi cher & fi fenfible !
L'excès de fa douleur lui montre tout poffible.
Refpectez mes ennuis , ne me reprochez rien.
— Si j'ai failli , le ciel me punit bien !
Mon amour m'a trompée , & cette erreur me tue.
Abailard, je vous perds , & je me fuis perdue.

A B A I L A R D.

De votre oncle Fulbert je prévois le courroux.
Efperons toutefois . . . .

E L O I S E.

Efpérance frivole !
Le Comte a reçu ma parole,
Fulbert en eft témoin , tout eft fini pour nous.
Je ferme envain les yeux fur mon fort déplorable.
Le préfent m'épouvante , & l'avenir m'accable.
Amant infortuné , je ne fuis plus à vous.
Ce déteftable jour fixe ma deftinée,
Il éclaire mon hymenée,
Et vous n'êtes pas mon époux !
Ah Dieu !

A B A I L A R D.

Calmez votre douleur extrême.
Je ne mérite point ces regrets , ni ces pleurs,
Et puifque vous m'aimez , & qu'enfin je vous
aime . . . .

ELOISE.

Voilà, voilà tous nos malheurs.
On s'arrache fans peine à ceux qui nous trahiffent.
Mais fe voir enlever des cœurs qui nous chériffent,
Mais fe voir aux autels entraîner, malgré foi,
Par des parens qui nous y facrifient,
Etre contraints d'engager notre foi
Par des fermens qui pour jamais nous lient,
Jurer de déchirer fon cœur,
D'aimer ce que l'on hait, de haïr ce qu'on aime,
D'immoler fon repos, de fe trahir foi-même,
C'eft le comble du crime, ainfi que du malheur.

ABAILARD.

Ainfi donc pour toujours vous m'êtes arrachée !
Vous qui par tant de nœuds me fûtes attachée !
Ce jour eft le dernier qui me doit éclairer.

ELOISE.

Non, Abailard. Envain on veut nous féparer.
Je ne trahirai point une fi belle flamme.
J'ai caufé tous vos maux, je vais les reparer.
A mon oncle Fulbert je cours tout déclarer,
Me jetter à fes pieds. Il lira dans mon ame.
Je ferai dans fon fein couler avec mes pleurs
La pitié, vos vertus, ma crainte & mes douleurs.
Suivez-moi. Votre afpect va ranimer mon zéle,
Et prêter à ma voix une force nouvelle.

SCENE II.

FULBERT, LA MARQUISE, ELOISE, ABAILARD.

FULBERT.

MA niéce, il est donc vrai que malgré mes
bontés,
Pour prix de tous les soins que vous m'avez coûtés,
Je ne reçois de vous qu'une mortelle injure ?
Vous voulez me forcer à devenir parjure.
Au Comte j'ai promis votre main, votre foi,
····Il a ma parole & la vôtre.
Aujourd'hui cependant j'apprens, avec effroi,
Qu'au mépris des sermens, vous en aimez un autre.

LA MARQUISE.

Cet autre, le voilà.

FULBERT.

········Quoi ! c'est vous, Abailard !
Deviez-vous me traiter, ingrat, comme vous faites ?
Non. Je n'attendois pas ce coup de votre part.
Mais je m'en vengerai, perfide que vous êtes !

ELOISE.

Monsieur, voyez mes pleurs, & calmez ce cour-
····roux.
Eloïse en tremblant, se jette à vos genoux.

LA MARQUISE.

Gardez-vous de mollir, l'action est trop noire.

FULBERT.

Songe ingrate Eloïse, à mes tendres bienfaits.

ELOISE.

Oui. Je vous dois tout, je le fçais.
Je cheris vos bontés, j'en garde la mémoire,
Il m'eſt cruel de vous déſobéir ;
Mais enfin je ne puis, trahiſſant ma tendreſſe....

FULBERT.

Tu l'aimes ! un ingrat que j'ai droit de haïr,
Qui, ſous les faux dehors d'une auſtere ſageſſe,
Trompe ma confiance, & ſéduit ta foibleſſe !
Encor s'il étoit né d'un ſang
Qui pût l'aſſocier, ſans honte à notre rang,
Je pourrois à tous deux faire grâce peut-être ;

ELOISE.

Qu'importe de quel ſang Abailard aît pu naître !
On eſt noble, Monſieur, quand on eſt vertueux.*

FULBERT.

Chimeres que cela. Je veux
Qu'au Comte en ce moment vous ſoyez mariée,
Obéiſſez.

ELOISE.

Je ne le puis,
Par les nœuds les plus forts Eloïſe eſt liée.

FULBERT.

Je prétends qu'on les rompe.

ELOISE.

Il ne m'eſt plus permis.

FULBERT.

Cette excuſe eſt étudiée.
On ne me trompe point.

ELOISE.

Croyez ce que je dis.
Ma gloire me défend ....

FULBERT.

Ta gloire ! ah malheureuſe !
Qu'ai-je entendu !

* maximes triſtes de journal. Un gueux veut-
... n'a qu'à la débiter à la cour. Comme on le
... ! même à la cour papale.

LA MARQUISE.

　　　　　　　　　　La chose est sérieuse.
Souffrirez-vous, Monsieur....

FULBERT *à part.*

　　　　　　　　Quel coup vient m'accabler !
Je ne me connois point dans ma douleur mortelle.
Ah perfide Abailard ! .... Il faut dissimuler.
Trompons-les tous les deux. Si l'offense est cruelle,
　　　　La vengeance fera trembler.

haut.

Puisque des nœuds si chers à son sort vous unissent,
Eloise, venez : que vos craintes finissent.
Je me rends, je vous livre à l'objet de vos vœux.

LA MARQUISE.

Quoi ! vous les mariez !

FULBERT.

　　　　　　　Oui, Madame. Et je veux
Pour cet heureux hymen célébrer une fête.
Je vais la préparer. Vous, Monsieur, suivez-moi.
　　　Allons chercher quelque prétexte honnête
Pour appaiser le Comte, & dégager ma foi.

SCENE III.

LA MARQUISE, ELOISE.

LA MARQUISE *à part.*

J'ENRAGE de bon cœur. Vous voilà satisfaite,
　　Ma niéce. Ces liens charmans
Mettent enfin le comble à vos contentemens.
Je vous en félicite, & même je souhaite
　　Que vos plaisirs puissent durer long-tems !
Adieu.　　　　　　　　　　　　　SCENE

SCENE IV.

ELOISE *seule.*

D'Où peut venir cette frayeur secrette
Dont malgré moi je me sens agiter !
Un noir pressentiment, une voix inquiéte
S'éleve dans mon cœur, & vient m'epouvanter.
Je redoutois Fulbert, Fulbert me pardonne,
Il me donne un amant, il remplit mes souhaits.
Ce jour est le plus beau qui m'éclaira jamais,
Et cependant mon cœur gémit, tremble & fris-
   sonne !
Que penser après tout de ce prompt changement ?
   Ne sçais-je pas que mon oncle severe
Ne consulte jamais que son ressentiment,
   Et que toujours un cruel châtiment
      Suit l'offense la plus légére ?
Croirai-je qu'un seul jour, que dis-je ! un seul mo-
   ment
      Aît pu changer son caractère !
      A ! de mon amant & de moi
Détourne, juste ciel, les maux que je prévoi !

SCENE V.

ELOISE, NERINE.

ELOISE.

Nerine, que viens-tu m'apprendre ?
NERINE.
Une bonne nouvelle, & qui va vous surprendre.

Le Comte a reçu son congé.
Fulbert vient de lui faire entendre
Que votre cœur ailleurs est engagé,
Et qu'à votre hymenée il ne doit plus prétendre.
Un peu piqué du compliment
Dont son orgueil se scandalise,
Le Comte pour Paris va partir à l'instant,
Au grand regret de la Marquise,
— Qui se flattoit d'en faire son amant.

ELOISE.

Et que fait Abailard ?

NERINE.

Votre oncle alors l'invite
A passer avec lui dans un appartement,
Pour prendre quelque arrangement.
Abailard entre, & tout de suite,
Après avoir ainsi parlé,
Fulbert ferme la porte à clé.

ELOISE.

Cette précaution étoit peu nécessaire.
En tout cela je crois voir du mystére.

NERINE.

Je ne vois rien là de mystérieux ;
Et pourtant j'ai d'assez bons yeux.

ELOISE.

Acheve de m'instruire. Après que l'un & l'autre,
Dans l'appartement sont entrés,
Qu'ont-ils dit ? qu'ont-ils fait ?

NERINE.

Ils y sont démeurés.
C'est tout ce que j'en sçais. Quelle idée est la vôtre ?
Que craignez-vous ?

ELOISE.

Cours. Va trouver Frontin.
Mais ne perds point de tems. Frontin sçaura
peut-être . . . .

NERINE.

Je n'irai pas si loin, & je le vois paroître.

SCENE VI.

ELOISE, NERINE, FRONTIN.

FRONTIN.

Pauvre Abailard ! Quel funeste destin !

ELOISE.

Explique-toi : Que fait ton maître ?

FRONTIN.

Madame, hélas !… C'est le trait le plus noir !..
L'avenir ne pourra le croire.
Dispensez-moi de conter cette histoire.
Vous frémiriez de la sçavoir.

ELOISE.

Non. Non. Il faut parler, il faut que tu me dises…

FRONTIN

De grâce ! ne me forcez point
A détailler le fait de point en point,
Je risquerois de dire des sotises.

ELOISE.

Frontin, je le veux.

FRONTIN.

Soit. Il faut vous obéir.
Cette avanture est si tragique,
Que je ne sçais, malgré ma rhétorique,
Par où la commencer, ni par où la finir.
O ciel ! inspire moi. Mon maître
Venoit d'entrer avec Fulbert
Dans un apartement desert

L ij

Dont on avoit fermé la porte & la fenêtre.
Comme je soupçonnois quelque piége caché,
Je me suis de ce lieu doucement approché,
 Et par une étroite ouverture
Je voyois à loisir tout ce qui se passoit.
 Deux hommes, de triste encolure,
Que je ne connois point, & dont l'air paroissoit
 Fort équivoque, & de mauvais augure,
Promenoient lentement leur hideuse figure,
 Tandis que Fulbert à l'écart
 Parloit à mon maître, à voix basse.
 La scène alors change de face.
On accourt, & de force on entraîne Abailard
Dans un réduit obscur, au fonds de la terrasse.
Il parle, on l'interrompt ; il supplie, on ménace.
Bientôt l'éloignement, la frayeur, & la nuit
M'empêchent d'écouter, & de voir ce qui suit.
La porte redoutable enfin à mes yeux s'ouvre.
Sur un triste sopha quel objet se découvre !
Abailard....

ELOISE.

 Il est mort ! dites-moi par quels coups...

FRONTIN.

Il n'est pas mort pour lui ; mais il est mort pour
 vous.

ELOISE.

Quel est donc ce mystére, & que voulez-vous dire !

FRONTIN.

On a détruit en lui l'homme.... sans le détruire....
 Enfin, pour vous parler sans fard,
Il est mort sans mourir... Il est vivant, sans vivre...
 Abailard.... n'est plus Abailard....
La douleur, les sanglots m'empêchent de poursui-
 vre.
Nerine, dans ces lieux n'attendons rien de bon.

Effayons de fortir, au moins tels que nous fommes,
De cette maudite maifon,
Où l'on traite fi mal les hommes.

SCENE VII.

ELOISE *feule.*

CHER Amant, c'eft donc là le précipice affreux
Qu'a creufé fous tes pas mon amour malheureux !
Les regrèts, la douleur, une honte éternelle,
Peut-être même encor ta mort ;
Mais une mort effroyable & cruelle,
Vont être déformais ton fort !
Voilà la trifte dot que t'apporte Eloïfe !
Oui. C'eft moi feule, hélas ! qui fais tous tes mal-
heurs ;
N'en cherche point la caufe ailleurs.
Intrigue, complot, entreprife,
J'ai tout conduit. C'eft moi qu'il faut punir.
Quand ce matin, préfageant l'avenir,
Tu me preffois de hâter notre fuite,
Par combien de raifons éludant ta pourfuite,
N'ai-je pas fçu te retenir !
Mais ce font là les moindres de mes crimes.
C'eft moi qui la premiere, égarant ta raifon,
De l'amour en ton fein ai verfé le poifon !
C'eft moi, qui me prêtant aux plus tendres ma-
ximes,
Ai pris plaifir d'entretenir ces feux
Qui rendent les amans heureux,
Mais que le ciel traite d'illegitimes.
J'ai contre toi fait fervir mes appas,

Triftes dons, dont ce ciel en m'ornant m'a punie!
Par des liens fecrets j'ai voulu t'être unie.
J'ai tout fait en un mot pour hâter ton trépas.
　　　Ce fouvenir me déconcerte!
　　Mais fupprimons les difcours fuperflus.
Cherchons pour nous cacher, quelques lieux in-
　　　connus,
　　Quelque antre obfcur dans une île déferte,
Où mon nom ni le tien ne foient point parvenus.
　　Fuyons le monde.... Oui. Je ne verrai plus
Mes crimes, ni les cieux, ni tes maux, ni ma
　　　perte.
Et je vais.... Mais que vois-je! Abailard eft-ce
　　vous!

✻✻✻✻✻✻✻✻✻✻✻✻✻✻

SCENE VIII. ET DERNIERE. ✶

ABAILARD, ELOISE.

ABAILARD *qu'on a apporté dans un fauteüil.*

LE reconnoiffez-vous encore
Cet objet malheureux du célefte courroux,
　　Ce vil rebut que tout le monde abhore?

---

* Si cette piéce eût été deftinée à la repréfentation, je n'aurois eu garde de faire paroître Abailard fur la fcene, après ce
qu'on fçait lui être arrivé. Cette fituation eft une de celles que
le Poëte défend de mettre fous les yeux du fpectateur. Soit
raifon, foit préjugé : Œdipe, par exemple, auroit mauvaife
grace de venir exhaler fes douleurs fur notre théatre, après
s'être crevé les yeux. Que feroit-ce d'Abailard? Notre délica-
teffe & nos mœurs m'auroient pareillement fait fupprimer bien
des chofes du récit de Frontin, que j'ai cru pouvoir hafarder
dans un ouvrage qui ne doit être que lu.

ELOISE.

Epargnez-vous ce titre détesté.
N'êtes-vous pas toujours cet Abailard aimable,
Cet homme partout respecté ?

ABAILARD.

Au nombre des mortels je ne suis plus compté.
Allez. Fuyez un miserable.
J'ai trop vêcu.

ELOISE.

Respectez vos vertus.
Vivez.

ABAILARD.

Vous ignorez mon destin déplorable.

ELOISE.

Non. Je sçais tout.

ABAILARD.

Ne me voyez donc plus.

ELOISE.

Un semblable discours vous offense & m'outrage.
Mes barbares parens l'avoient ainsi pensé.
Ils ont cru que rampant sous un vil esclavage,
J'étois des passions le jouet insensé ;
Et que courant après un spécieux phantôme,
Mon cœur dans Abailard n'avoit cherché qu'un
     homme.
Ils ont cru me punir en vous sacrifiant ;
     Mais leur espérance est trompée.
Par le plus foible endroit les cruels m'ont frappée.
Sans m'ôter mon amour, ils m'ôtent mon amant.
Je ne suis point changée, & lorsque je vous aime,
Dans vous, cher Abailard, je n'aime que vous-
     même.
     S'ils prétendoient en effet me punir
     De cet amour qui les irrite,
     Leur fureur devoit vous ravir

Vos vertus & votre mérite,
Alors j'aurois pu vous hair.
ABAILARD.
O d'un amour parfait effort fublime & rare!
Quel cœur! j'euffe été trop heureux!
Quoi! tandis qu'un abîme affreux
Pour jamais de vous me fépare,
Quand j'éprouve l'horreur du fort le plus barbare,
Quand je deviens à moi-même odieux,
Vous m'aimez, vous brûlez toujours des mêmes
feux!
ELOISE.
Ah! que plûtôt Eloïfe périffe,
Avant que cet objet qui la fçut enflammer....
ABAILARD.
Arrêtez, Eloïfe. Il n'eft plus tems d'aimer.
Il eft tems que fur foi chacun de nous gémiffe.
Avant que du ciel en courroux
Le bras fur nous s'apefantiffe,
Cherchons à prévenir fes coups,
Et par nos pleurs défarmons fa juftice.
Il commence déja par nous humilier.
Sa vengeance bientôt va nous facrifier
Comme des coupables victimes,
Si nous ne nous hâtons de nous purifier.
Vos malheurs & mes maux font le fruit de nos
crimes.
Loin de nous plaindre, il faut les recevoir,
Et les recevoir avec joye.
Ils font notre reffource, ils font l'unique efpoir
Que le ciel quelquefois aux coupables envoye.
Profitons-en, Madame, & fans temporifer....
Faifons......
ELOISE.
Eh bien, parlez. Que faut-il que je faffe?
ABAILARD.

ABAILARD.

Par un prompt repentir mériter notre grâce.
Le ciel est offensé, nous devons l'appaiser.
Aux foles passions asservis l'un & l'autre,
 Nous leur avons, pour nos contentemens,
 Sacrifié tous nos momens.
Vous faisiez mon bonheur, je travaillois au vôtre.
 Toujours charmés, toujours charmans,
Chaque jour, chaque instant augmentoit nos dé-
 lices.
Ces beaux tems ne font plus. D'affreux événemens
Ont changé ces plaisirs en autant de supplices,
 Qui par de justes châtimens,
 Vengent le ciel de nos déréglemens.
C'est à nous d'achever cet important ouvrage.
Le monde est cette mer où nous fîmes naufrage.
Vous entendez encor ses fiers mugissemens,
 Nous périrons sous ses flots écumans,
Si nous ne regagnons au plûtôt le rivage.
Fuyons.

ELOISE.

Et dans quels lieux dois-je porter mes pas ?

ABAILARD.

Après l'ignominie où notre sort nous jette,
 Le cloître est la seule retraite
Où nous puissions en paix attendre le trépas.

ELOISE.

Comment, le cœur brûlé d'une flamme inquiéte,
Oserai-je embrasser le plus saint des états ?
Quoi ! quand mes passions me déclarent la guerre,
 Trouverai-je la paix ailleurs !
Quoi ! leverai-je au ciel mes yeux noyés de pleurs
 Ces yeux toujours attachés à la terre !
Voile, sacrés autels, salutaires rigueurs,
 Vœux augustes, retraite austere,

M

Etoufferez-vous mes ardeurs,
Le jufte ciel, toujours terrible en fa colère,
Lui qui ne veut de nous qu'un hommage fincere,
Ecoutera-t'il les douleurs
D'une victime involontaire ?
Et changeant notre état, changerons-nous nos
cœurs ?

ABAILARD.

Oui. Le ciel peut dans nous opérer ces miracles.
Commençons feulement, & bientôt fes faveurs
Surmonteront tous les obftacles.

ELOISE.

Vous le voulez ?

ABAILARD.

J'ofe vous en prier.
Jufqu'ici l'univers, témoin de nos tendreffes,
A connu nos erreurs, a compté nos foibleffes.
Après l'avoir féduit, il faut l'édifier.

ELOISE.

Allons donc nous facrifier.

ABAILARD.

Que de vertu ! Reçois ce facrifice,
O ciel, & puiffes-tu nous devenir propice !
Adieu. Voici l'inftant qui va nous féparer.

ELOISE.

Helas !

ABAILARD.

J'entends votre cœur foupirer.
En ces derniers momens foyez plus magnanime.
Et par l'effort d'une vertu fublime,
Montrez qu'on peut fans murmurer
Quitter tout ce qu'on aime, & tout ce qu'on
eftime....
Mais moi-même je tremble, & je fens que ma
voix....

ELOISE.

Je vous perds donc ? au moins, puifqu'encor je
    vous vois,
Soûtenez ma vertu chancelante, indécife.

ABAILARD.

Le ciel prendra ce foin, fi vous êtes foumife;
    Abandonnez-lui tous vos droits.

ELOISE.

Ah, mon cher Abailard !

ABAILARD.

        Ah, ma chere Efoïfe,
J'ai prononcé ce nom pour la derniere fois.

FIN.

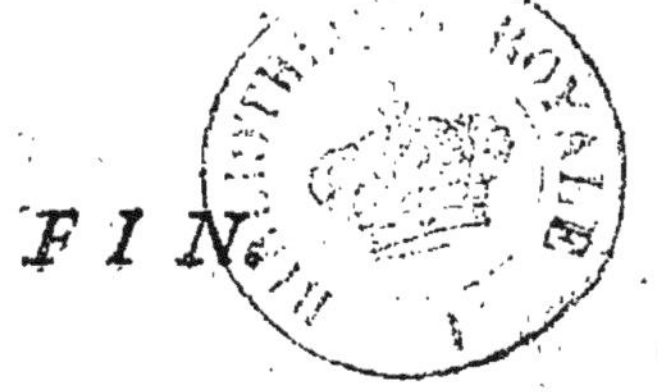

9 782014 018936